EL REFLEJO
DE LO QUE FUIMOS

ExLibric

ÁNGEL ROVIRA SÁNCHEZ

EL REFLEJO
DE LO QUE FUIMOS

EXLIBRIC

ANTEQUERA 2026

EL REFLEJO DE LO QUE FUIMOS
© Ángel Rovira Sánchez
Diseño de portada: Dpto. de Diseño Gráfico Exlibric

Iª edición

© ExLibric, 2026.

Editado por: ExLibric
c/ Cueva de Viera, 2, Local 3
Centro Negocios CADI
29200 Antequera (Málaga)
Teléfono: 952 70 60 04
Fax: 952 84 55 03
Correo electrónico: exlibric@exlibric.com
Internet: www.exlibric.com

ISBN: 979-13-88079-51-1
Depósito Legal: MA 28-2026

Impresión: PODiPrint
Impreso en Andalucía – España

Nota de la editorial: ExLibric pertenece a Innovación y Cualificación S. L.

ÁNGEL ROVIRA SÁNCHEZ

EL REFLEJO
DE LO QUE FUIMOS

Prólogo

Abril llegó a Madrid dos horas más tarde de lo previsto, sin cobertura en el móvil y con la batería al límite. El retraso del vuelo hizo que todos sus planes se tambalearan y estuviera a punto de ponerse a llorar como una niña pequeña que se había perdido entre la multitud.

«Mente fría, Abril», se dijo a sí misma, en voz baja. «Con lo mucho que te ha costado decidirte a dar este paso, ahora no puedes dejarte vencer por un contratiempo».

Buscó un enchufe donde poner el teléfono a cargar mientras lo reiniciaba para ver si volvía la cobertura. Lo consiguió después de varios intentos, pero se agobió aún más al descubrir la cantidad de llamadas perdidas y mensajes que la esperaban de un mismo número.

Respiró profundo, intentó relajarse y devolvió la llamada.

—Sí, soy yo, Abril… Disculpa el retraso, el vuelo ha sido algo caótico…

La voz que hablaba desde el otro lado era la de un chico amable y tranquilizador que le hizo entender que ese tipo de retrasos eran de lo más común y que no tenía de qué preocuparse.

Quedaron en que la recogería en media hora aproximadamente justo frente a la parada de taxis del aeropuerto, así que Abril se dispuso a buscar la salida de inmediato.

Odiaba los aeropuertos desde pequeña… Tanta gente cruzándose, el murmullo interminable, el ruido de las maletas con ruedas simulando una carrera, las pantallas iluminadas cambiando la información a cada momento, la megafonía… Le resultaba terriblemente agobiante.

De repente, tuvo la sensación de que la gente de su alrededor comenzaba a desaparecer y le pareció sentir la cercanía de alguien conocido. No supo descifrar si se trataba de un olor familiar, lo que sí podría jurar era que estaba sintiendo como su corazón latía en sintonía con otro corazón. Fue una sensación de lo más extraña.

Abril y Eneas acababan de cruzarse en aquel enorme aeropuerto, y aunque ninguno de los dos había sido consciente de ello, sus corazones se habían reconocido entre la multitud.

UN MES ANTES DEL VIAJE...

1

Vivir la paternidad era lo más bonito que le había pasado a Oliver, a la vez que lo más duro. Jamás se hubiera imaginado que un bebé necesitara tantísima atención, pero él siempre intentaba hacerlo lo mejor posible, aunque a veces se desesperara.

—¿Qué demonios te pasa ahora? ¿Por qué lloras si ya estás cenado y bañado? De verdad, ojalá pudieras hablar para explicarme lo que te ocurre.

El bebé, que acababa de cumplir los seis meses, miraba a su padre desde la cuna con los ojos irritados y las mejillas humedecidas.

—A ver si llega tu madre del trabajo y consigue dormirte… —dijo Oliver con la esperanza de que así fuera. Aunque sabía de sobra que la realidad era otra totalmente diferente.

Abril no había tenido un buen embarazo, ya que estuvo los nueve meses con náuseas, vómitos y sin ganas de absolutamente nada. Cada vez que Oliver le decía de decorar y amueblar la habitación del bebé le respondía con evasivas, ya que, pese al embarazo, Abril se había centrado exclusivamente en el estudio fotográfico. Era su prioridad absoluta, y lo cierto era que le iba genial.

Pero Oliver no podía evitar sentirse triste ante la falta de ilusión de su mujer, después de todo lo que habían superado juntos… ¿Cómo era posible que no mostrara ni un atisbo de emoción o felicidad por ese bebé que llevaba en su vientre? Esa pregunta resonaba en la cabeza de Oliver como un poderoso eco que no cesaba.

Quizás tenía que ver con el malestar, los cambios hormonales, la subida de peso… Oliver sabía de sobra que todo eso influía en el carácter de la mujer frente al embarazo, ya que en la farmacia veía a diario todo tipo de casos, pero le costaba procesar que Abril estuviera tomando esa actitud tan despreocupada al respecto.

El parto fue rápido, aunque doloroso. Abril se emocionó mucho al tener a su hijo en brazos, pero aun así no quiso amamantarlo para poder seguir trabajando como si nada hubiera cambiado.

Oliver estuvo los cuatro meses de baja de paternidad cuidando del pequeño Ángel, y después solicitó una excedencia mientras Abril seguía con sus reportajes fotográficos ya acordados.

—Podrías dejar de abarcar tanto trabajo y pasar más tiempo con nosotros…

Aquella frase de Oliver se le clavaba a Abril como un puñal en el estómago cada vez que la pronunciaba.

—¿Acaso te crees que me gusta pasar todo el día fuera de casa sin ver a mi marido y a mi hijo? —Suspiraba—. Pero es la única manera de levantar un negocio que prácticamente acabamos de abrir y que tú mismo fuiste quien me animó y apoyó a hacerlo.

Oliver, cuando veía que no se podía hablar con Abril sobre ese tema, se encerraba en la habitación con el niño y lo mecía hasta dormirle, aunque no siempre funcionaba.

Aquella noche, cuando Abril llegó a casa y escuchó el llanto de su hijo, corrió a comprobar que era lo que le sucedía.

—¿Qué le pasa al niño? ¿Está bien? —preguntó, alterada.

Oliver la recibió con una sonrisa y un beso en los labios mientras mecía al pequeño sin parar.

—Creo que te extraña… —Oliver le puso el niño a Abril en los brazos, y ella lo estrechó contra su pecho.

—Ya está, cariño, aquí está mamá… tranquilo…

Abril lo meció durante un rato, hasta que al fin cayó rendido. Oliver disfrutó mucho de aquella escena tan tierna, ya que no era lo habitual.

—Ya está dormido —dijo Abril mientras cerraba con cuidado la puerta de la habitación.

—¿Qué tal tu día? —Oliver la sujetó por la cintura.

—Pues tengo noticias. —La sonrisa de Abril la delataba—. Me han convocado para un congreso de fotografía en Madrid, es el mes que viene, y no puedo faltar.

A Oliver le encantaba ver a su mujer entusiasmada y feliz con su trabajo. Ojalá fuera así con todo.

—Me alegro muchísimo, mi amor. Te mereces todo lo bueno que te pase.

Abril besó a su marido con pasión y le agradeció sinceramente todo el apoyo y toda la ayuda que le estaba prestando tanto con su proyecto como con la crianza del niño.

—De verdad, gracias… No sé qué haría sin ti. No me ha podido tocar un marido mejor.

A Oliver le emocionaron las palabras de Abril. Se besaron como hacía tiempo que no lo hacían. Se llenaron de caricias, se arrancaron la ropa con deseo y sintieron la calidez de sus cuerpos desnudos.

Las manos de Oliver moldearon todo el cuerpo de su mujer, que, aunque había cambiado desde el embarazo, le excitaba como el primer día. Abril tenía ganas de recibir todo el placer posible, necesitaba olvidarlo todo, así que condujo la cara de Oliver hacia lo más íntimo de su ser.

Oliver la quería con todo su corazón, y cuando la tenía así, entre sus brazos, dándole placer, sentía que todo podía ser de una manera distinta a la que era.

—El niño… —dijo Abril, de repente—. Está llorando de nuevo. Voy a ver qué le pasa.

El llanto del pequeño Ángel hizo que la pareja volviera a desconectar. Oliver observó cómo Abril saltó a tranquilizar a su bebé y decidió ir junto a ella.

—¿Por qué no lo metemos esta noche en la cama con nosotros? Quizás duerma más tranquilo teniéndonos a los dos juntos —propuso Oliver entre susurros.

Abril asintió con la cabeza y se metió en la cama con su bebé pegado a su pecho… Ángel dejó de llorar y su madre cayó profundamente dormida mientras le olía la rubia y lisa melena. Oliver los admiró lleno de dicha y felicidad. «Qué familia tan bonita hemos formado», pensó mientras una lágrima se deslizaba por su mejilla.

No podía evitar pensar en la familia tan desestructurada que había tenido en su infancia. No quería que su hijo viviera lo mismo que él. Siempre que echaba la vista atrás veía a sus padres discutiendo por todo, faltándose al respeto e incluso agrediéndose. Su madre siempre fue una mujer con carácter, pero su salud mental se desgastó tanto con el tiempo que no pudo seguir luchando y dejó de cuidarse… En cambio, su padre, que siempre había sido un hombre aparentemente cabal, fue una persona ausente y egoísta que desapareció de sus vidas en el peor momento. Oliver tuvo que hacerse cargo de su madre hasta el día en el que falleció, y ahora su única familia eran su mujer y su hijo.

Finalmente, con aquellos tristes recuerdos, el sueño lo venció y logró dormir profundamente por primera vez en mucho tiempo.

2

Cuando amaneció, Abril se levantó con muchísimo cuidado de no despertar al pequeño Ángel y de molestar a Oliver lo menos posible. Fue al baño a darse una ducha. Le esperaba una jornada intensa en el trabajo.

El estudio, gracias al reconocido proyecto *El reflejo de lo que soy,* con Eneas y Alhena como imagen principal, tuvo una gran aceptación, y a Abril no le faltaba el trabajo. La contrataban tanto para bodas, bautizos y comuniones, como para desfiles locales de moda, y *books* fotográficos, entre otros. Estaba viviendo un sueño a nivel profesional, aunque lo cierto era que acababa agotada a nivel personal, ya que no le daba la vida para dedicar más tiempo a su familia, por mucho que Oliver se lo reclamara.

No podía evitar sentirse la peor mujer y madre del mundo… ¿Pero cómo lo hacía? El negocio estaba arrancando, no podía contratar a nadie aún, y tenía que sacarlo adelante… Y, en realidad, aunque sonara egoísta, sabía que Oliver podía hacerse cargo del niño perfectamente.

Se miró al espejo al salir de la ducha. Ya no era la misma, su cuerpo había cambiado. Había más curvas, piel sobrante en el abdomen acompañada de alguna estría y el pecho ligeramente caído. A veces le costaba asimilar lo mucho que le había cambiado la vida en tan poco tiempo y en todos los aspectos.

De repente, Oliver la abrazó por detrás.

—Eres preciosa —le susurró al oído. Abril no lo había sentido acercarse y dio un pequeño brinco a la vez que se le erizó hasta el último vello del cuerpo.

—Me has asustado —Abril lo abrazó con fuerza y sintió como su erección se abría paso entre sus muslos—. Por lo que estoy notando, tienes ganas de terminar lo que empezamos anoche…

Oliver la subió a horcajadas sobre el lavabo, separando bien sus piernas y retomando el beso íntimo que comenzó a darle la noche anterior. Abril intentaba no gemir para no despertar al bebé, pero le era imposible… Oliver lo hacía demasiado bien. Seguidamente, Abril se arqueó hacia atrás para facilitar la penetración, y cuando ambos estuvieron perfectamente encajados, Oliver comenzó a embestir a su mujer con ímpetu hasta hacerla llegar al clímax, al que, seguidamente, también llegó él.

—Eres increíble… —balbuceó Abril, extasiada.

De pronto, el pequeño Ángel rompió a llorar y el matrimonio no pudo evitar estallar en carcajadas.

—Al menos esta vez nos ha dejado terminar —dijo Oliver sin poder parar de reír mientras corría a coger al niño.

Abril los miraba con ternura. Realmente le hacía muy feliz contemplar la familia que habían formado… Pero algo dentro de ella no la dejaba disfrutar al cien por cien de la maternidad. Era como si de alguna manera se sintiera más segura sabiendo que el niño estaba bajo el cuidado de Oliver.

—Amor, pásame un pañal limpio. Nuestro angelito nos ha dejado un buen pastel…

La voz de Oliver y su tono cálido la hizo evadirse de sus pensamientos y acudir a la llamada de socorro de su pequeño.

—Ojalá pudiera quedarme a pasar hoy el día con vosotros…
—confesó Abril, cabizbaja. Oliver la miró con dulzura, le acarició
el rostro y la besó suavemente en la frente.

—Ve a trabajar y sigue haciendo esa magia tan maravillosa
que haces con la cámara, y no te preocupes por nosotros, estaremos bien. Aunque te confieso que te estaremos esperando con
muchas ganas. ¿Verdad, Ángel?

El pequeño soltó una carcajada. Abril los abrazó con fuerza.
Los quería con toda su alma, pero algo dentro de ella estaba totalmente roto y no sabía si sería capaz de recomponerlo.

De camino al estudio, pasó por la puerta del súper, como cada
día, a comprar un café frío y saludó a sus antiguos compañeros,
pero especialmente a Julia, que era como una hermana para ella.

—Veo que todo sigue igual por aquí —observó Abril.

Julia sonrió, sarcástica.

—Pues te equivocas, querida… Estás ante la nueva encargada
de la tienda.

Abril se quedó boquiabierta tras semejante noticia y le
imploró a Julia que le contara el chisme completo, además de
recriminarle no habérselo dicho antes.

—No te lo he contado antes porque acabo de firmar hace un
rato —dijo Julia con emoción—. Y estoy muy feliz… Después
de años de trabajo duro, al fin reconocen mi esfuerzo.

—Me hace muy feliz, de verdad… Nadie se merece ese
puesto más que tú. —Abril la abrazó con fuerza, se alegraba
sinceramente por su amiga.

—Me va a venir genial cobrar un poco más… Elisa se quiere
sacar el carnet de conducir, y cómo no encuentra trabajo…

Abril puso los ojos en blanco. Elisa, la hija de Julia, ya era mayor de edad, y aunque siempre había parecido una niña responsable, últimamente estaba demostrando no tener mucha actitud por estudiar ni por buscar trabajo, y su madre siempre la justificaba, aunque luego se enzarzaban en unas discusiones monumentales de las cuales era mejor no ser espectador.

—Sé que no quieres que tu hija trabaje por la noche, pero sé que Lucas está buscando camareros para La Escena, y quizás sea un buen comienzo para ella trabajar los fines de semana y ganar un dinero... Quizás eso la motive a seguir buscando trabajo.

Julia agradecía las buenas intenciones de Abril, pero se negaba rotundamente a que su hija sirviera copas en un club hasta altas horas de la madrugada.

Se despidieron con dos besos y un abrazo. Abril le repitió que se alegraba mucho de su nuevo puesto de trabajo, y siguió su camino hacia su estudio fotográfico, Reflejos.

Cada vez que veía la fotografía de Eneas y Alhena presidiendo la puerta de su estudio, sentía un horrible pellizco en el estómago que no la dejaba respirar. ¿Cómo era posible que aún le afectara recordar todo lo que vivieron juntos? Lo cierto era que por mucho que su vida hubiera avanzado, el recuerdo de Eneas y Alhena siempre rondaba en su mente. Incluso Oliver y ella, durante su embarazo, habían visto el programa en el que había concursado. Ella sabía el aprecio que Oliver le tenía después de todo, pero lo que Oliver no sospechaba era lo que ella seguía sintiendo con tan solo ver su imagen en fotografías o en televisión... y cómo vibraba al escuchar su voz.

Abril era consciente de que todo aquello que sentía no tenía ni pies ni cabeza, pero no se podía negar a sí misma las sensaciones que le causaba el recuerdo de su historia. Una historia que la marcó y que seguramente la acompañaría en sus recuerdos el resto de sus días.

Se había imaginado mil veces cómo sería volver a tenerle en frente, pero se ruborizaba con tan solo pensarlo. ¿Cómo podía una persona excitarte aún en la lejanía y por un simple recuerdo? ¿Cómo era posible que tras haber decidido casarse con Oliver y formar una familia con él siguiera manteniendo vivo aquel ardiente recuerdo?

Abril siempre había tenido claros sus sentimientos hacia Oliver, pero… ¿y si no había tenido claro sus sentimientos reales hacia Eneas? ¿Y si no solo había sido cariño y atracción sexual? ¿Y si se había llegado a enamorar de él, pero ni siquiera se había dado cuenta? ¿Acaso se podía querer a dos personas a la vez? Todas esas preguntas llevaban torturándola casi dos años.

Pero, ¿qué otra cosa podía hacer si no vivir la vida que había elegido de la mejor manera posible? Con su trabajo soñado, su marido perfecto y su precioso hijo. ¿No era eso con lo que todas las personas soñaban? ¿Se habría apresurado al construir una vida que realmente no la hacía feliz?

Cuando llegó la primera clienta para la sesión premamá que tenían programada, Abril aparcó todos esos pensamientos y todas esas preguntas en un lugar recóndito de su mente, aunque no tardarían en volver a aparecer.

3

Durante aquel año y medio que había transcurrido desde que Lucas comenzó a rehacer su vida, todo había sido bastante positivo: La Escena funcionaba como la seda con su actuación como Melissa y con las nuevas *drag queens* que habían nacido en el pueblo; su relación con Manuel fluía de una forma tan natural que ya incluso estaban hablando de compromiso; y su mente por fin estaba tranquila y serena después de mucho tiempo de terapia tras la muerte de Gonzalo.

Parecía que todo estaba yendo por el camino correcto, y eso lo tenía inmensamente feliz.

—No te lo vas a creer, cariño —le dijo a Manuel, efusivo—. Se han presentado más de veinte candidatas al concurso *drag* que estamos organizando. ¿No te parece increíble?

Manuel lo sujetó por ambos lados de la cara y lo besó con fuerza con intención de calmar los nervios que mostraba.

—¿Sabes lo que me parece increíble? —preguntó Manuel mientras Lucas mostraba incertidumbre—. Tú me pareces increíble, al igual que la labor de inclusión que estás haciendo en este pueblo.

—Sin tu ayuda no podría haberlo hecho… Has estado siempre a mi lado.

Lucas abrazó a Manuel con ímpetu. Realmente estaba muy a gusto en sus brazos, se sentía protegido. Se besaron con pasión y se sonrieron mutuamente.

—Te recuerdo que antes de conocerme tú ya estabas triunfando con este local —le dijo Manuel, orgulloso.

A Lucas le brillaban los ojos más que nunca. Manuel sacaba la mejor versión de sí mismo y eso le encantaba. Aunque a la gente le llamaba la atención lo dispares que eran físicamente, ya que Lucas era menudo, rubio, con un corte moderno, totalmente afeitado y depilado y con unos ojos azules que quitaban el sentido; mientras que Manuel era un hombre más maduro, totalmente rapado, con una barba canosa perfectamente arreglada, bastante velludo y algo más alto y ancho que Lucas. Pero se compenetraban tan bien que cuando estaban juntos emanaban un amor puro y sano, y eso era lo único importante. Lo que pensara la gente les daba absolutamente igual.

—He estado pensando algo, ya que el concurso se va a convertir en algo más grande de lo esperado.

—Por cómo te brillan los ojos, creo que lo puedo imaginar. —Manuel había aprendido a conocerlo perfectamente—. ¿Eneas?

—Como ya te comenté en su día, me gustaría contar con Eneas como miembro estrella del jurado en este concurso local. Creo que no hay nadie mejor que él para hacerlo, ya que fue uno de los principales promotores de que La Escena tuviera la gran acogida que tuvo… Así que voy a llamarlo y no voy a admitir un no como respuesta.

A Manuel le encantaba ver a su chico tan feliz con su proyecto y tan ilusionado con la idea de volver a estar con su amigo Eneas, del que tanto le había hablado, y al que estaba seguro de que tanto bien le haría tener cerca. En los tiempos que corrían, las amistades verdaderas escaseaban y era muy complicado confiar en alguien tan ciegamente como ellos lo hacían.

Lucas marcó el número de Eneas.

—Hombre, si es mi travesti favorita —dijo Eneas, en tono burlón, al descolgar el teléfono.

—Después de tu reflejo en el espejo, ¿no, querida? —Ambos se rieron a carcajadas.

—¿A qué debo el honor de esta llamada? —Eneas seguía sonando, sarcástico.

—Primero de todo, ¿cómo estás? Que hace días que no hablamos…

Lucas se trabó un poco al hablar, y Eneas, que lo conocía perfectamente, se percató de que tras esa llamada había gato encerrado.

—Lucas, al grano. ¿Qué andas buscando?

—Qué malo es conocerse… —admitió Lucas, algo avergonzado—. Pues que te llamaba para pedirte un grandísimo favor… —Cogió aire—. ¿Me concederías el gran honor de ejercer como jurado estrella en el concurso *drag* local que estoy organizando en La Escena?

Eneas tragó saliva. ¿Volver al pueblo después de todo lo que sucedió la última vez? Lo cierto era que le había pillado completamente por sorpresa, ya que no se lo había planteado en absoluto.

Durante aquel tiempo, había sido siempre su familia la que había ido a visitarlo, ya que sabían lo duro que había sido todo lo allí vivido y respetaban su decisión de no volver.

—¿Eneas? —insistió Lucas—. ¿Sigues ahí?

¿Cómo le daba una negativa a su amigo sabiendo lo importante que era para él La Escena? Y, además, estaba completamente seguro de que ese concurso que estaba organizando sería un éxito rotundo que abriría puertas a muchísimas nuevas *drag queens*.

—¿Cuándo es el concurso? Necesito organizarme… —dijo al fin.

El grito de alegría de Lucas hizo que Eneas, con una sonrisa dibujada en el rostro, se retirara el teléfono móvil de la oreja mientras escuchaba un sin fin de gracias llenos de emoción y felicidad que no cesaban.

Cuando colgó, Eneas no pudo evitar pensar en si había hecho lo correcto, pero su amigo Lucas se merecía todo su apoyo y no podía fallarle.

—¿Todo bien? —Esa voz… era lo único que lo podía reconfortar en esos momentos.

Eneas volvió a la cama, donde lo esperaba Dani, un chico transexual al que había conocido hacía ya unos meses y con el que estaba manteniendo su primera relación aparentemente estable y duradera desde su historia con Abril.

Dani era un chico de treinta años, de pelo negro y ojos castaños, su cara era redonda y sus labios carnosos, tenía una nariz perfectamente proporcionada y una barba de tres días que le daba un punto aún más atractivo, al menos para Eneas.

Eneas lo besó con dulzura y acarició su cuerpo desnudo. Se entendían en la cama a las mil maravillas, ya que desde que se conocieron e intimaron, dejaron muy claro lo que a ambos les gustaba: dar placer al otro. Llegaron a ciertos acuerdos y desde entonces el sexo era otro nivel.

Dani utilizaba un arnés con pene para darle placer anal a Eneas, mientras él le proporcionaba a Dani placer vaginal con su lengua, sus dedos y su pene.

A veces, ambos se reían y bromeaban pensando en a cuánta gente le explotaría la cabeza al pensar que un chico bisexual que vive del *drag* mantenía una relación romántica con un chico transexual igualmente bisexual que mantenía sus genitales de nacimiento pese a haberse practicado la mastectomía para alinear así su cuerpo a su identidad de género.

—Mientras lo entendamos tú y yo, el resto del mundo me sobra —decía Dani, siempre con una sonrisa.

Eneas admiraba su fortaleza, su entereza y sus ganas de afrontar la vida con una actitud tan positiva y teniendo tan claro lo que quería.

Recordaba el día que se conocieron en el rodaje de un programa de televisión en el que Alhena iba como estrella invitada. Dani era el encargado de la cámara, y no pudo apartar la vista de Alhena ni un segundo. Siempre contaba que cuando la vio aparecer, fue como si el tiempo se parase y la luz que emanaba lo cegara completamente.

Después del programa, se acercó a darle la enhorabuena por la entrevista y halagó su estilismo, ya que le parecía de otro planeta. Alhena también se sintió muy atraída por Dani en aquel momento, y decidió dejar de cerrarse a conocer gente, aceptando tomarse unas cervezas en Chueca tras la finalización del programa.

Al verlo aparecer como Eneas, Dani quedó igualmente impactado, ya que le pareció un chico impresionante… Así que la conversación fluyó mientras las cervezas se acumulaban en la barra de aquel pequeño y colorido bar al que habían ido.

Hablaron de sus vidas, de sus orígenes, de sus actuales trabajos… Lo cierto era que la noche dio para mucho. A Eneas, personalmente, le resultó digno de admirar la historia tan dura que Dani llevaba a sus espaldas y lo mal que lo había pasado al tratar de hacer entender a su familia su identidad de género, y aun así lo contaba con total naturalidad y con una sonrisa en la cara llena de orgullo por haber conseguido ser quien realmente era.

Esa naturalidad fue lo que desarmó a Eneas y le hizo querer seguir conociendo a Dani en profundidad. Que había conexión entre ellos era algo innegable, así que decidieron pasar esa misma noche juntos.

Ambos se dejaron llevar, entre besos y caricias, entre preguntas de consentimiento: dónde sí y dónde no, qué le gustaba al uno y qué no le gustaba al otro... Pasaron una noche inolvidable que no dudaron en querer repetir.

Sus mundos eran compatibles, sus conversaciones fluidas, las risas estaban aseguradas, el sexo era sencillamente maravilloso... ¿Problemas? Ninguno.

Eneas se sentía cómodo y tranquilo con Dani, y le estaba cogiendo un cariño muy especial. ¿Acaso se estaba enamorando de nuevo? ¿Era ese sentimiento de confianza y sosiego en la persona que tenía al lado lo que había que sentir realmente en una relación de pareja?

Solo el tiempo le daría la respuesta.

La vida de Eneas en Madrid era de lo más rutinaria durante el día: se levantaba temprano, salía a correr al parque del Retiro, desayunaba en la cafetería que había justo bajo su casa, acudía a sus clases de corte y confección, comía algo ligero, y durante las tardes se preparaba los *shows* para los fines de semana.

Por las noches cambiaba el tercio: le gustaba conocer bares diferentes, interactuar con todo tipo de personas, conocer otros espectáculos, como el teatro, los musicales, los monólogos… Lo cierto era que estaba disfrutando muchísimo de conocer cada rincón de Madrid.

Había conocido a muchísima gente a partir del concurso de televisión en el que participó, y a raíz de ello también se había convertido en un personaje público al que la gente reconocía por la calle.

Quizás eso era lo que peor llevaba, aunque la gente era bastante más respetuosa de lo que él se había imaginado: alguna vez le habían pedido una foto por la calle, pero poco más.

Vivía tranquilo en su rutina, y estaba muy centrado y agradecido con todo el público que iba especialmente a disfrutar del espectáculo de Alhena los fines de semana. No quería defraudarlos, por ello siempre intentaba superarse con nuevos *looks* y nuevas actuaciones que no dejaran a nadie indiferente. Aunque también había experimentado a nivel sexual todo lo que había podido y más… Pero desde que conocía a Dani todo había cambiado: solo le apetecía disfrutar de su compañía, el resto del mundo había dejado de importarle.

—¿Qué tal hoy las clases de costura? —preguntaba Dani, realmente interesado.

—Cada día me gusta más coser mi propia ropa para los *shows*. Es muy gratificante diseñar y confeccionar lo que te quieres poner y tener la certeza de que absolutamente nadie va a lucir igual que tú.

Tras finalizar el concurso, Eneas se había dado cuenta de que a Alhena le faltaba una parte muy importante en el mundo del *drag*: crear sus propios diseños. Así que se propuso comenzar con unas clases básicas de corte, confección, diseño y patronaje, y resultó que se le daba mejor de lo esperado. Estaba muy motivado con la costura, y a Dani le apasionaba ver cada nuevo diseño que cosía.

—Supongo que te vas a llevar los mejores *looks* para tu pueblo, ¿no? Allí tendrás que lucir tus mejores galas como jurado estrella del concurso.

—¿Por qué no vienes conmigo? —preguntó Eneas en un impulso.

Dani se quedó totalmente perplejo, no se esperaba en absoluto aquella proposición.

—Eneas… Sabes que tengo mucho trabajo en el programa y tengo mucho lío con todo lo del congreso… —Suspiró—. Aunque lo cierto es que me encantaría acompañarte y conocer tu precioso pueblo del que tanto presumes.

—No te preocupes, sí te entiendo… Era solo una idea…

El tono de Eneas se había tornado entre triste y melancólico. No se sentía preparado para volver al pueblo solo, y Dani ahora mismo era para él un faro en la oscuridad que lo guiaba cuando se encontraba perdido.

—Intentaré ir, lo prometo. Aunque sea un fin de semana —dijo Dani, tomándole la mano al ver su reacción.

Eneas lo abrazó con fuerza. Desde que Dani estaba en su vida ya no se sentía solo; era como la calma tras la tormenta. Se besaron con dulzura.

—Además, tengo muchísimas ganas de conocer a tu familia y a tu gran amigo Lucas.

—Estás a tiempo de huir, no sabes dónde te metes —exclamó Eneas de forma espontánea. Ambos rieron durante un buen rato bromeando acerca de la situación.

Era muy difícil de olvidar todo lo que había vivido en su última vuelta al pueblo… Desde su historia con Abril, pasando por descubrir su horrible secreto familiar, hasta la locura desmedida de Borja y Gonzalo. Las heridas estaban cerradas, pero escocían cuando hurgaba en ellas.

Pero no le quedaba otra opción que armarse de valentía, llegar con la cabeza alta y disfrutar de su tierra y de su gente todo el tiempo que estuviera allí. Quizás, después de todo, incluso le serviría de terapia de choque para dejar todos esos miedos atrás.

UNA SEMANA ANTES DEL VIAJE

4

Abril, tras haber valorado todos los pros y los contras de ir al congreso de fotografía a Madrid, y haberlo consensuado con Oliver, finalmente había decidido que no podía dejar escapar esa gran oportunidad que le ofrecía la vida para darse a conocer en el mundillo.

El próximo sábado cogía el vuelo desde Málaga a primera hora de la mañana para poder asistir al congreso por la tarde. Se moría de ganas por vivir la experiencia, pero, al mismo tiempo, no dejaba de sentirse culpable por dejar a Oliver solo con el niño esos días.

—¿Crees que necesitarás ayuda?

—Abril, mi amor, puedes irte tranquila. Ángel y yo estamos acostumbrados a estar solos.

La respuesta de Oliver, en lugar de tranquilizarla, hizo que se sintiera aún peor. «Acostumbrados a estar solos», esa frase retumbaría en su cabeza durante toda la semana, estaba completamente segura de ello.

—De acuerdo… —dijo Abril, al fin—. Pero no dudes en llamarme si algo pasa, estaré pendiente.

Abril se fijó por unos instantes en la fotografía que presidía el mueble de su salón. Era un retrato del día de su boda en el que ambos estaban radiantes. Recordaba aquel día como si no hubiera pasado el tiempo: fue una boda pequeña, íntima, a la que solo acudieron los compañeros de trabajo con los que más afinidad tenían y un par de primos de Oliver, ya que Abril no tenía familia.

Amaneció un soleado día de primavera, se arreglaron con trajes sencillos, pero elegantes, firmaron en el ayuntamiento con Julia como testigo y lo celebraron comiendo en un restaurante a pie de playa.

Abril, en ese momento, sentía que no necesitaba más. Estaba junto al hombre que siempre la había amado, cuidado y priorizado, con el que iba a formar una familia, y se encontraba rodeada de gente que la apreciaba de forma sincera y que se alegraba de su felicidad. ¿Qué más podía pedir?

Oliver y ella brindaron, bailaron, rieron, comieron tarta, e incluso pasaron la noche en una *suite* nupcial que Julia les había regalado para su primera noche como marido y mujer.

Todo era tan bonito al lado de Oliver que a veces parecía irreal. Abril se preguntaba a menudo cómo era posible que fuera tan bueno y compresivo con ella, perdonándole todos sus errores y aguantando sus infinitos vaivenes.

—Fue uno de los días más felices de mi vida —dijo Oliver con seguridad al ver a su mujer sujetando la fotografía de su boda.

—¿Sabes? Nada en mi vida sería tan bonito si no fuera por ti, cariño —confesó Abril con el corazón en la mano—. Tengo mucho que agradecerte, y a veces creo que no estoy a la altura…

Oliver la calló con un beso cálido, pero fugaz.

—Confío en ti, y ya me has demostrado tu compromiso para con nosotros. —Suspiró—. Entiendo tu predisposición por el trabajo. Aunque a veces deseara que las cosas fueran diferentes, sabes que siempre te voy a apoyar.

Abril abrazó a su marido con fuerza, a veces pensaba que no se lo merecía, pues no sabría qué hacer sin él. Oliver era su pilar. Si él faltara, su mundo se derrumbaría.

—Hoy voy a intentar volver temprano del estudio para aprovechar la tarde con vosotros, lo prometo.

Oliver asintió, le encantaría creerla, pero le era difícil, ya que últimamente siempre se le hacía tarde.

Al rato, de camino al estudio, Abril hizo su parada diaria en el supermercado para comprar su café frío y saludar a Julia, que se alegró un montón al saber lo del congreso.

—¡Seguro que conoces allí a un montón de modelos buenorros! —exclamó Julia con su habitual picardía.

—No vas a cambiar en la vida… —Abril no podía dejar de reír—. Mi intención no es distraerme con el primer modelo que se me cruce por delante, sino aprender lo máximo posible acerca de nuevas técnicas.

—También puedes aprender otro tipo de técnicas… Ya sabes que a Oliver no le importa mientras lo informes. —A Julia le apasionaba tentarla y ponerla nerviosa.

—Julia, todo eso quedó atrás. Ni siquiera tenemos tiempo para nosotros, como para buscar un tercero…

—¡Qué aburridos! Ya os he dicho mil veces que, cuando queráis intimidad, podéis dejarme al niño.

Aunque la sacara de sus casillas, Abril no podía tener una mejor amiga que Julia. Siempre estaba dispuesta a ayudarla, aconsejarla y sacarle una sonrisa. Era lo más parecido a una hermana que había tenido jamás.

—Y hablando de todo un poco, ¿cómo lleva Elisa la búsqueda de trabajo? —se interesó Abril.

—Pues al final vio el anuncio de La Escena, y pese a mi negativa absoluta, empieza a trabajar este fin de semana allí como camarera.

Abril soltó una leve carcajada.

—Tranquila, con Lucas no podría estar en mejores manos. Allí la van a tratar genial, además, si te quedas más tranquila puedo hablar con él.

Julia no estaba convencida del todo, pero no tenía más opción que aceptar que su hija era mayor de edad y podía hacer lo que mejor le pareciera.

Al salir de la tienda, Abril se fijó en un hombre mayor, robusto y desaliñado que se encontraba sentado en un banco y que la seguía con la mirada. Un escalofrío le recorrió la espalda. «Cada vez hay gente más extraña en este pueblo», pensó. Y siguió su camino sin volver la vista atrás, prefería que su mirada no volviera a cruzarse jamás con la de ese hombre.

5

—¿Cómo van los preparativos? ¿Algo que se nos escape?

Lucas daba vueltas por La Escena, frenético con la organización del concurso, y Manuel intentaba calmarlo cuando sus picos de estrés estaban demasiado altos, aunque a veces le resultaba misión imposible.

—Tienes la lista de concursantes por orden de actuación de la primera semifinal, el jurado ya te ha confirmado su asistencia y la barra la tenemos cubierta con la chica nueva. Tan solo queda que venga el equipo de decoración el mismo sábado, junto con el servicio de *catering*, que ya está más que confirmado —dijo Manuel desde la más absoluta calma.

—¿Qué haría yo sin ti? —Lucas sabía que se ponía insoportable cuando organizaba algún evento, y por eso agradecía y valoraba tanto la paciencia infinita de su chico.

A veces, todavía tenía pesadillas con Gonzalo… Cuando menos lo esperaba se colaba en sus sueños más profundos para encerrarlo en su apartamento y amenazarlo de muerte por haberse posicionado del lado de Eneas. Aún, después de un año de terapia y de volver a vivir sin miedo, su subconsciente lo tenía grabado a fuego.

Manuel no dio crédito a todo lo ocurrido cuando Lucas se lo contó al conocerle, y comprendía que quisiera ir despacio y con pies de plomo. Después de un trauma así no era fácil volver a confiar en alguien, y Lucas, pese a todo, le había dado una oportunidad, y eso él lo valoraba muchísimo.

—Me has demostrado que eres más valiente de lo que crees —le dijo Manuel con una sonrisa mientras le sujetaba la mano—. Sin mí conseguirías lo que te propusieras igualmente, pero no quiero irme de tu vida jamás.

De repente, Manuel se arrodilló ante Lucas, que estaba atónito.

—Lucas… eres el hombre con el que siempre soñé compartir mi vida, y aunque a veces hayamos hablado de compromiso, siempre lo hemos dejado en el aire, y ya no puedo esperar más. —Tragó saliva.

—Manuel… ¿Qué me quieres decir con esto? —A Lucas le temblaban hasta las piernas.

—Sé que esto no es un restaurante lujoso, pero es tu sueño hecho realidad, tu templo, todo por lo que has luchado. También sé que no estamos rodeados de nuestros seres queridos, que estamos solos aquí tú y yo, a puerta cerrada, sin trajes, ni una copa de champán. Pero estos somos nosotros, ¿no? Dos personas luchadoras, que se quieren y se apoyan en todas las decisiones, además de remar en una misma dirección. Por todo esto… —Manuel se sacó del bolsillo una preciosa alianza de oro blanco. —Lucas Vallejo, ¿quieres casarte conmigo?

Lucas se llevó las manos a la boca y rompió a llorar de la emoción. No daba crédito al momento tan especial que acababa de vivir. Se arrodilló frente a Manuel, lo besó con pasión y le contestó de forma eufórica:

—¡Por supuesto que quiero!

Manuel le colocó el anillo en el dedo anular mientras Lucas se sentaba a horcajadas sobre él y le desabrochaba la camisa. «Te quiero, te quiero, te quiero», le repetía mientras lo devoraba.

Se entregaron el uno al otro con una emoción desmesurada, como si se tratara de la última vez que iban a hacer el amor.

Lucas se sentía pleno en los brazos de Manuel. Su cuerpo fornido y velludo lo excitaba en demasía, todos los poros de su cuerpo se erizaban al sentir sus manos acariciar su piel, en especial cuando las yemas de sus dedos llegaban a sus zonas más erógenas.

Manuel sabía dónde y cómo tocarlo, y cómo mover la lengua en el lugar propicio. Lucas jamás había disfrutado tanto del sexo, y no quería parar jamás. No deseaba que ningún hombre volviera a tocarlo, su único deseo era amanecer todos los días junto a su futuro marido, y que él fuera quién lo colmara de placer.

Tras llegar juntos al clímax, permanecieron un rato tumbados sobre su propia ropa en el suelo del escenario, abrazados.

—Hubo un momento en mi vida en el que pensé que jamás volvería a ser feliz —confesó Lucas—. Pero tú has hecho que vuelva a creer en el amor, y ahora no puedo estar más ilusionado con el futuro que nos aguarda… Gracias, por tanto.

Se besaron con amor.

—Gracias a ti por dejarme entrar en tu corazón y por llenarme de cariño, mimos y atención. Yo también había perdido las esperanzas en el amor, pero tú me has demostrado que el que quiere puede, y estoy seguro de que vamos a tener una boda preciosa rodeados de nuestros seres queridos. Y eso solo va a ser el principio de una nueva vida juntos.

A Lucas le sonaba a música celestial todas esas fantasías en las que ambos estaban sumergidos.

¿De verdad sería posible vivir plenamente feliz con la persona a la que amaba, sin volver a sufrir? Quería creer ciegamente que sí, pero en el fondo de su ser siempre anidaba un pequeño atisbo de incertidumbre.

6

Abril cumplió con su palabra y volvió a casa pronto, tenía verdaderas ganas de disfrutar de tiempo junto con su familia, pero la situación que se encontró al llegar a casa no era ni por asomo lo que ella esperaba:

—Abril, cariño, que bien que llegas pronto. Estaba a punto de salir para el hospital, iba a llamarte ahora. —Oliver sonaba muy nervioso, lo cual alteró a su mujer considerablemente.

—¿Qué pasa? Me estás asustando.

—Es Ángel. Está ardiendo. Tiene fiebre y no se le baja. Lo bañé con agua tibia y le di la medicación, pero su temperatura sigue siendo muy alta.

Abril se quedó paralizada durante unos instantes. ¿Qué debía hacer? ¿Cómo debía actuar? En ese momento estaba sintiendo un miedo que no había sentido nunca. Si le pasaba algo a su hijo, no podría soportarlo.

Oliver le dijo que ya tenía todo preparado, que cogiera al niño en brazos y fueran de camino al coche lo más rápido posible. Abril obedeció sin pestañear, ya que lo más coherente que podía hacer era seguir las pautas de su marido. Al tener al niño en brazos y sentir como ardía, se preocupó más aún si cabía, y le pidió a Oliver, con lágrimas en los ojos, que se diera prisa para llegar a urgencias lo antes posible.

El camino se les hizo eterno. El pequeño Ángel se quejaba y lloriqueaba levemente, pero ni siquiera tenía fuerzas para llorar de forma estruendosa, lo cual los tenía muy desconcertados debido a la costumbre de sus constantes y sonoros llantos.

Una vez en el hospital, Abril se sentía totalmente desubicada. Solo podía pensar en que su hijo estaba así por culpa de su poca atención. Oliver la abrazaba con fuerza mientras el pediatra exploraba al niño exhaustivamente.

—Parece algo vírico —dijo el médico—. Deberá permanecer esta noche en observación y esperar a que la medicación haga su efecto. Mañana amanecerá mucho mejor.

Abril y Oliver respiraron profundamente, pero ver a su hijo en esas condiciones les partía el alma.

Pasaron la noche en una habitación, tocándole la frente a cada rato y acudiendo a cada pequeño llanto o movimiento. La fiebre iba bajando considerablemente. De madrugada, consiguieron relajarse y dormir un poco.

—Nunca había pasado tanto miedo —confesó Abril mientras admiraba el amanecer a través de la ventana.

—Solo ha sido un susto, nuestro pequeño está bien. —Oliver la abrazó por detrás con dulzura.

—Si le hubiera pasado algo no hubiera podido soportarlo… —Una lágrima bañó la mejilla de Abril—. Creo que no era realmente consciente de lo mucho que lo quiero…

Oliver la estrechó fuertemente entre sus brazos y la besó en la frente. La paternidad era más complicada de lo que jamás se habían imaginado, pero al igual que la mayoría de las familias, saldrían adelante.

El pediatra pasó junto con una enfermera para comprobar que la fiebre hubiera desaparecido, y aunque aún tenía un poco de destemplanza, les dijo que podían volver a casa con tranquilidad, que el niño solo necesitaba descansar y tomar la medicación indicada para la gripe. Eso hizo que Abril y Oliver se relajaran bastante, pero no del todo.

—Creo que no voy a ir al congreso —dijo Abril en un arrebato—. Ángel me necesita.

Oliver no pudo evitar sentir ternura por su mujer.

—Amor, quédate tranquila. De aquí al sábado el niño estará perfecto, y yo me puedo manejar solo.

Las palabras de su marido la tranquilizaban, pero no podía evitar sentir que iba a alejarse demasiado de ellos y no iba a estar tranquila.

—Quiero hacer las cosas bien… —confesó, cabizbaja.

—Ve a ese congreso, vuelve más fuerte que nunca con todo lo aprendido y sigue triunfando. Ángel y yo vamos a estar aquí esperándote con los brazos abiertos.

Abril cogió a su hijo en brazos y lo meció con amor. Pocas veces se había parado a observar sus ojitos rasgados, su pequeña nariz o sus marcados labios. Era realmente bonito, y en ese instante sentía que realmente no lo estaba disfrutando todo lo que le gustaría.

—Hay algo que nunca te he dicho —dijo Abril, tornándose seria. La expresión de Oliver también cambió de forma instantánea.

—¿Qué pasa ahora? Me estás preocupando…

—¿Nunca has pensado que Ángel pueda ser hijo de Eneas?

Aquella pregunta cayó a Oliver como un jarro de agua fría en pleno diciembre.

—¿A qué viene pensar esa locura? Ángel es mi hijo. —Oliver sonaba ofendido.

—¿De verdad nunca has pensado que de aquel trío pudo venir nuestro hijo? Porque a mí es algo que me lleva obsesionando desde que me enteré del embarazo. Pero es algo que nunca me había atrevido a verbalizar hasta ahora. —Abril sonaba seria, pero serena.

—Pero Abril, cariño… ¿Qué probabilidad hay de que así sea? Tú y yo teníamos relaciones de forma mucho más frecuente. Sería un acierto increíble que por una vez hubiera cuajado.

—La probabilidad está, aunque sea mínima. Nunca me he atrevido a pedirte esto…, pero ¿tú te harías una prueba de paternidad? El resultado no cambiaría nada, pero me quedaría mucho más tranquila. Es algo que lleva mucho tiempo ahogándome.

Oliver no daba crédito a la situación que estaba viviendo. ¿De verdad cabía la remota posibilidad de que su hijo, por el que se desvivía, no fuera suyo? Lo cierto era que jamás se le hubiera pasado por la cabeza.

—Déjame pensarlo, ahora mismo ni siquiera sé lo que estoy sintiendo —dijo al fin.

Volvieron a casa en silencio. Abril se sentía aliviada de haber soltado, por fin, aquel pensamiento que la traía por la calle de la amargura, pero Oliver estaba totalmente en *shock*.

7

Eneas, sin imaginarse la bomba que acababa de desatarse a más de seiscientos kilómetros de él, estaba preparándose para actuar esa noche como Alhena en una fiesta privada para la que la había contratado un multimillonario excéntrico. Alhena seguía siendo deslumbrante cuando aparecía en escena, como si llegara desde otro planeta, y muchos curiosos pagaban lo que hiciera falta para confirmar que su talento era tanto como decían.

—Siempre que te veo prepararte, recuerdo el impacto que me causaste la primera vez que te vi —dijo Dani, poniendo la mano sobre su hombro.

—Ojalá todos me hubieran visto con tus ojos… Pero he tenido que trabajar mucho para que el mundo me aceptara y me respetara. —Eneas sonó melancólico, aunque agradecido.

Aquella noche, Alhena lucía un vestido dorado de una sola manga y una raja infinita en la pierna derecha que acababa en un brillante tacón. La peluca cobriza era larga y ondulada, y los complementos color oro la hacían brillar como una estrella. El maquillaje, como siempre, impecable. Era una diosa.

Dani la llevó en coche hasta una espectacular mansión a las afueras de la ciudad. El sitio parecía un palacio, rodeado de un enorme jardín presidido por una majestuosa fuente. Allí los recibió un guardia de seguridad que los acompañó hasta la estancia principal. Al abrirse las puertas todos miraron como si de una aparición se tratase.

Un hombre de unos cincuenta años, de lo más elegante, se acercó a Alhena para besarle la mano e invitarla a disfrutar de la fiesta. Ella asintió encantada mientras Dani miraba para todos lados sin saber exactamente dónde se estaba metiendo. Entre la música clásica que la banda estaba tocando, podía adivinarse el murmuro de la mayoría de los invitados tras su llegada.

—Jamás me hubiera imaginado estar en una fiesta de este nivel —confesó Dani, abrumado.

—Yo estoy alucinando, las travestis hemos pasado de actuar escondidas en antros a que nos inviten a estas fiestas privadas rodeadas de lujo. Parece que tras mucho luchar al fin nos están dando el lugar que merecemos en el mundo de la farándula.

Tras un rato disfrutando de la fiesta, Alhena fue presentada por el mismo hombre que la había recibido para actuar sobre el escenario en el que se encontraba la banda tocando.

Las luces se apagaron y un foco la iluminó únicamente a ella. Comenzó a sonar una balada que Alhena interpretó con todo su corazón, haciendo que la mayoría de los allí presentes se emocionaran y a más de uno le deslizara una lágrima por la mejilla.

Dani estaba totalmente obnubilado con su actuación. Alhena era adictiva, y por lo que veía no era el único que opinaba igual. La gente murmuraba de admiración, y eso le hizo especial ilusión. Eneas era una persona muy especial, pero, como Alhena, se transformaba en una artista fuera de serie que dejaba boquiabierto a todo el que la veía.

Tras interpretar varias canciones de su repertorio más emotivo, todos los presentes se unieron en un aplauso que parecía ser interminable.

Alhena recibió, al bajar del escenario, infinitos halagos de todo el que se acercaba, y ella no podía sentirse más feliz de llegar cada vez a más tipos de público.

—Ha sido impresionante —le dijo el anfitrión—. ¿Puedo invitarla a una copa de champán?

Alhena aceptó la copa encantada mientras Dani la observaba desde la distancia. Tenía serias dudas de si acercarse o no, ya que no le estaba gustando la forma en la que aquel tipo coqueteaba con Alhena, pero debía ser ella quién le parara los pies y le diera su lugar a su pareja y acompañante.

—¿Salimos un momento al jardín? Me gustaría hacerle una propuesta.

Alhena buscó a Dani con la mirada y le hizo un gesto con las manos pidiendo que, por favor, la esperara unos minutos, no podía desaprovechar otra propuesta de trabajo de ese nivel.

El jardín parecía el de un cuento de hadas, y Alhena se sintió por un momento como esas princesas que estaban a punto de ser felices para siempre. Podría acostumbrarse a ese ambiente sin ningún tipo de problema.

—Quiero hacerle una pregunta… —susurró don Ginés Belmonte, que así se llamaba el dueño de todo aquello.

Alhena comenzó a sentir a aquel hombre maduro demasiado cerca, y la situación se tornó algo incómoda.

—¿Cuánto me pides por pasar la noche juntos? —preguntó el anfitrión, a bocajarro, mientras se sacaba un fajo de billetes del bolsillo interno de la chaqueta.

El puño de Alhena acabó en la nariz de don Ginés, que cayó al suelo, de culo, mientras todos los billetes revoloteaban a su alrededor.

—No soy ninguna prostituta, don Ginés, soy una artista. Qué ingenua he sido al pensar que solo me quería por mi espectáculo. —Le escupió con asco—. Usted podrá tener todo el dinero del mundo, pero mi dignidad no se compra. Es usted una basura.

Y, dicho esto, se marchó absolutamente indignada, dejando a aquel hombre tirado en el suelo, aún en *shock* por la reacción que la artista invitada había tenido.

—Nos vamos de aquí, Dani —dijo Alhena, alterada, al entrar de nuevo al salón de fiestas.

—Ese creído se ha intentado propasar contigo, ¿verdad? —Dani lo había visto claro.

—Me he dejado cegar por sus lujos y la grandeza de esta fiesta y no he visto venir sus verdaderas intenciones, soy idiota.

Alhena estaba muy enfadada consigo misma, ella nunca había sido ese tipo de persona y se sentía defraudada por haber consentido que las cosas llegaran a ese punto.

—Bueno, no te martirices. —Dani intentó tranquilizarla—. Le podría pasar a cualquiera.

—Ay, Dani, le he arreado un puñetazo que lo he dejado sentado.

Y, de repente, tras los nervios, comenzaron a reír a carcajadas sin poder parar. «Se lo merecía» decía Dani entre risas. «Que se joda, por cerdo».

Llegaron a casa, recordando lo que había pasado como una anécdota, pero, en el fondo, Alhena se había sentido terriblemente ofendida... Aunque pareciera que no, aún había mucho por lo que luchar, y había que seguir reivindicando.

8

Cuando los primeros rayos de sol alcanzaron a Eneas, se levantó intentando no hacer demasiado ruido. Dani dormía plácidamente y no quería interrumpir su sueño.

Se asomó a la ventana a contemplar cómo Madrid comenzaba a iluminarse mientras se encendía un cigarrillo sin poder sacarse de la cabeza lo que le había sucedido la noche anterior. ¿Hasta cuándo las travestis iban a tener que aguantar esas faltas de respeto? ¿Cuándo iban a verlas realmente como las artistas que eran, sin que las sexualizaran? Sentía una impotencia inmensa en esos momentos.

Dani se despertó buscando a Eneas, y tardó unos segundos en encontrarlo. Estaba asomado a la ventana, completamente desnudo. Parecía una escultura de Miguel Ángel, perfectamente tallada. Tuvo el impulso de acercase, pero sabía que estaba sumido en sus pensamientos, y que seguramente le estuviera dando vueltas a lo sucedido en la fiesta de don Ginés.

Al mirar su teléfono móvil, Dani se quedó boquiabierto al descubrir un vídeo que un conocido le había compartido a través de las redes sociales.

—Eneas… Tienes que ver esto —dijo Dani, incrédulo.

Eneas, preocupado por el tono de su acompañante, tiró el cigarrillo y se sentó en la cama para poder ver de qué se trataba.

Era un vídeo que algún invitado de la fiesta había grabado a escondidas, en el que se veía como Alhena agredía a don Ginés y se marchaba rápidamente de allí, dejando al anfitrión herido, desorientado y bañado en billetes.

—Me cago en la puta… —dijo Eneas entre dientes. —¿Quién ha colgado ese vídeo?

—No hay manera de saberlo. Lo han compartido tantas veces que se ha hecho viral.

De repente, en otro vídeo, salía don Ginés siendo entrevistado en televisión, con la nariz morada y malmetiendo contra Alhena: «Me agredió sin motivo alguno, simplemente porque le pareció que le pagaba poco dinero por su actuación… Que el mundo tenga cuidado con esa travesti violenta».

Eneas no daba crédito a lo que estaba viendo y escuchando. Ese tal Ginés Belmonte pretendía arruinar su carrera por haberlo rechazado, pero no estaba dispuesto a dejarse avasallar por nadie. No iba a permitir que un tipo cualquiera, por mucho dinero que tuviera, destrozara una carrera que llevaba tantos años construyendo con su sudor y trabajo constante.

—Voy a transformarme en Alhena y me vas a grabar un vídeo en respuesta a esa infamia. No voy a consentir que ese pervertido ensucie mi nombre y mi trabajo.

Dani aceptó encantado, ya que le parecía la mejor manera posible de contraatacar.

Alhena tardó como una hora en aparecer más espectacular si cabía que la noche anterior. Dani había preparado la cámara, los focos y la conexión para emitir el comunicado en directo en redes sociales y en el programa de televisión en el que colaboraba.

—Buenos días. —comenzó Alhena, aparentemente serena—. Quiero dar este comunicado público para aclarar el contenido de las imágenes que están rulando por internet en las que agredo a Ginés Belmonte. —Tomó aire—. En primer lugar, quiero dejar claro que es una imagen totalmente real, sí que le propiné un puñetazo a ese hombre, no lo pienso negar. Lo que no pienso aceptar es que se mienta sobre el motivo de esa agresión. Ginés Belmonte me contactó para actuar en una fiesta privada, ofreciéndome una buena cantidad de dinero, y yo acepté. Pero una vez allí, tras mi actuación, me propuso algo más que trabajo… Ese hombre, aparentemente respetable, me ofreció dinero para pasar la noche conmigo como si fuera una prostituta. Ese señor, por llamarlo de alguna forma, no solo pretendía pagarme por mi trabajo artístico, pretendía pagarme por unos favores sexuales qué las *drag queens* no ofrecemos. ¡Señores y señoras, somos artistas! Ya está bien de sexualizar nuestra imagen y nuestro trabajo. Solo pedimos que se respete nuestro trabajo y que se nos pague por ello para poder tener una vida digna —suspiró—. Espero que tras estas palabras todo esté aclarado. Muchas gracias a todos mis seguidores por el apoyo y por estar ahí siempre. Os quiero.

Dani cortó y, seguidamente, aplaudió a Alhena, lleno de orgullo.

—Lo has hecho increíble… Eres increíble.

Alhena, emocionada, abrazó a Dani con fuerza. No había sido un trago fácil para ella, pero era algo que tenía que hacer antes de que el vídeo trascendiera más aún y su imagen como profesional se viera totalmente manchada por una mentira.

—Ahora sí tengo ganas de estar unas semanas en mi pueblo. Esto va a ser una locura los próximos días —anticipó Alhena, sabiendo cómo funcionaba el mundo de la farándula.

Lucas llamó, estaba muy preocupado por lo que estaba pasando. Lo había visto en televisión y no daba crédito. Alhena lo tranquilizó y le hizo entender que estaba bien, que solo se estaba defendiendo de una difamación y que no se preocupara, que no iba a llegar la sangre al río.

—No sé cómo te las apañas para estar siempre en el ojo del huracán... —Lucas sonaba realmente afectado.

—Eso mismo me llevo preguntando toda mi vida —confesó Alhena, haciendo una mueca.

—Tengo ganas de que estés aquí conmigo. Te echo mucho de menos.

Alhena se enterneció ante las palabras de su mejor amigo, haciéndole saber que era recíproco y que estaba deseando pasar unos días a su lado.

—Además —dijo Lucas—, tienes que ayudarme con el traje de novio. —Alhena tragó saliva. ¿Había escuchado bien? ¿Lucas se casaba?

—Veo que te has quedado sin palabras... —continuó Lucas—. Manuel me lo ha pedido, y yo he aceptado. Estoy muy feliz.

—Por tu culpa se me está corriendo el maquillaje —dijo finalmente Alhena, entre lágrimas—. No sabes cuánto me alegro de tu felicidad, amigo mío... En un par de días lo celebraremos juntos.

Ambos se dijeron lo mucho que se querían varias veces mientras Dani contemplaba la escena con ternura. Qué bonito era tener esa relación de amistad tan especial.

UN DÍA ANTES DEL VIAJE

9

Abril ya lo tenía todo preparado para viajar el día siguiente. Era cierto que se encontraba nerviosa e ilusionada por ser su primer congreso, pero también se encontraba triste por su situación actual en casa.

Desde que le había contado su preocupación a Oliver acerca de la paternidad de Ángel, nada había vuelto a ser igual. Oliver se pasaba los días cabizbajo, sin ganas de hablar, ocupándose del niño, como siempre, pero evitando cualquier tipo de contacto con ella.

Abril había decidido darle su tiempo para que lo procesara y hablar con él a la vuelta del viaje, pero debía reconocer que egoístamente había estado esperando poder solucionarlo antes de partir, aunque no fue así.

El estudio fotográfico permanecería cerrado los días que durara el congreso; ya había cuadrado con todos sus clientes para su vuelta, y Julia se había ofrecido a ayudar a Oliver en caso de necesitarlo, aunque él parecía no querer ayuda de nadie.

—¿Cómo se te ocurrió decirle semejante barbaridad? —preguntó Julia en tono de reproche.

—Ay, Julia, no me juzgues… Necesitaba ser sincera y quitarme este peso que me estaba matando.

—Oliver no se merece ese daño, y lo sabes.

Cuando Julia se ponía seria y defendía a Oliver, a Abril no le sentaba del todo bien. Ella pretendía que su amiga la apoyara ciegamente y le diera la razón aún sin tenerla, pero luego recordaba que Julia no era ese tipo de persona, y por eso era tan especial. Le hacía ver las cosas como realmente eran, aunque no siempre le gustara su forma de hacerlo.

—Por supuesto que Oliver no se merece ningún daño. ¡Si es el hombre perfecto! —exclamó Abril—. Si está claro que aquí la única dañina y que no sabe nunca cómo hacer las cosas soy yo…

—Abril, cariño, tampoco te victimices. No es tu estilo. —Julia sonó, sarcástica.

—Estoy cansada, ¿sabes? —Abril estaba superada—. Mi única pretensión siempre ha sido ser feliz, pero a la vista está que esa felicidad se me resiste. Primero no sé cómo consolar a mi novio por la pérdida de su madre, después le soy infiel, luego paso de nuestro hijo… Soy un absoluto desastre de persona y él siempre está ahí al pie del cañón. No se merece tanto sufrimiento.

Julia veía a Abril demasiado encerrada en culparse y en ver únicamente lo negativo de la situación, y no se estaba dando cuenta de todo lo positivo que tenía: habían superado sus problemas como pareja, tenía el trabajo de sus sueños, había formado una familia preciosa… Pero en esos momentos ni lo veía ni lo iba a ver, así que lo único que su amiga pudo hacer fue animarla a disfrutar del viaje, del congreso, y abrazarla con fuerza para que sintiera que su cariño y su apoyo eran reales y sinceros pese a sus duras palabras hacia ella. Abril recibió ese abrazo como agua fresca en medio de un interminable desierto.

Tras la conversación con su amiga y comprobar que no se le hubiera olvidado meter nada en la maleta, se tumbó por fin en la cama, junto a su hijo. Necesitaba relajar la mente antes de marcharse.

Ángel estaba juguetón, ponía sus pequeñas manos sobre las mejillas de su madre y se reía a carcajadas. Abril sintió un vuelco en su interior tras esas risas de su pequeño. Qué importante era para ella ese niño que había crecido en sus entrañas, que se había alimentado de ella y que había venido al mundo para llenar su vida de un amor que jamás había experimentado.

Cuando lo tenía entre sus brazos no podía evitar recordar a su madre, que tanto la quería y la cuidaba. ¿Lograría ser la mitad de buena madre de lo que ella fue? Esperaba sinceramente que sí, quería que su hijo estuviera orgulloso de ella, aunque sabía que no estaba yendo por un buen camino.

—¿Ya lo tienes todo listo? —preguntó Oliver.

—Sí… —contestó ella—. Pero no me gustaría irme sabiendo que estás mal.

—Tranquila, no pretendo que mi malestar te afecte en tu viaje. No sería justo.

—Lo que no es justo es que tu estés así, mi amor. —Abril se levantó con el niño en brazos y se puso frente a Oliver—. Olvida lo que te dije, Ángel es nuestro hijo y siempre lo va a ser.

—Ahora no puedes decirme eso, Abril… Ahora soy yo quien necesita saber la verdad. Pero no sé si la voy a poder soportar —confesó Oliver, realmente dolido.

Abril se aferró a él con fuerza, pero ya no lo sentía como antes, algo se había roto.

—Disfruta del viaje, del congreso, y a la vuelta hablamos. Que tengas buenas noches.

Tras esas palabras, la besó en la frente, cogió a Ángel en brazos y se acostó en la cama, dándole la espalda completamente.

Aquella noche fue eterna para Abril, ya que fue incapaz de pegar ojo.

Mientras tanto, Eneas y Dani se entregaban a una noche de pasión desmedida. Iban a estar unos días sin verse, hasta que Dani viajara también al pueblo, y eso les hacía pensar en lo mucho que se iban a extrañar.

Besos, caricias y dos lenguas húmedas entrelazándose mientras sus cuerpos se fundían en uno solo.

—¿Sobrevivirás sin mí? —preguntó Dani, entre risas, tras alcanzar el clímax.

—Más me vale… Aunque te estaré esperando con ansias.

Se besaron con ímpetu, pero Dani tenía otra pregunta que hacerle a Eneas, algo que sí que le preocupaba de verdad:

—¿Crees que Ginés Belmonte se quedará de brazos cruzados ante tu declaración en los medios?

—¿Sinceramente? No me preocupa en absoluto. Ese tipo ha quedado ante el mundo como la basura que es. ¿Qué puede hacer? ¿Demandarme? No lo creo.

—La gente de dinero es peligrosa, me preocupa que quiera tomar represalias en tu contra.

Eneas estrechó a Dani entre sus brazos mientras le susurraba al oído que no se preocupara por nada, que con todo lo que había superado en la vida, el altercado con ese magnate no le iba a quitar al sueño, y esperaba que a él tampoco.

Al poco tiempo, Dani cayó rendido sobre su pecho, algo que a Eneas le fascinaba. Verlo dormir con esa cara de paz le reconfortaba muchísimo. A veces no se creía la suerte que había tenido de encontrar a una persona que lo quisiera y lo cuidara de esa forma tan bonita. Y, aunque él le intentaba responder de la misma forma, a veces sentía que tenía que esforzarse más de la cuenta para ello. Lo que le llevaba a preguntarse si lo que sentía por él era tan fuerte como creía o estaba forzando de forma inconsciente la situación para estar con una persona como Dani, que era lo que él merecía.

Intentaba que en su día a día ese mar de dudas no lo invadiera, y dejarse llevar por lo bonito que tenían, pero solo de pensar que en unas horas volvería a su pueblo, todos sus miedos salían a la superficie.

EL DÍA DEL VIAJE

10

Abril se despidió de su hijo con un fuerte abrazo y un tierno beso en la frente. Dos lágrimas bañaron sus mejillas cuando Oliver tan solo le dio un fugaz beso en los labios acompañado de un «buen viaje».

Se marchó cabizbaja y sin seguridad alguna de estar haciendo lo correcto. Un Uber la llevó hacia el aeropuerto de Málaga, y al llegar, descubrió que su vuelo llegaba con retraso. «De puta madre. Empezamos bien», pensó.

Revisó el correo electrónico para corroborar que uno de los organizadores del congreso le había facilitado el número telefónico de uno de los colaboradores que la recogería en el aeropuerto de Madrid. Aparentemente todo estaba correcto.

Llegó a Madrid dos horas más tarde de lo previsto, sin cobertura en el móvil y con la batería al límite. El retraso del vuelo hizo que todos sus planes se tambalearan y que estuviera a punto de ponerse a llorar como una niña pequeña que se había perdido entre la multitud.

—Mente fría, Abril —se dijo a sí misma, en voz baja—. Con lo mucho que te ha costado decidirte a dar este paso, ahora no puedes dejarte vencer por un contratiempo.

Buscó un enchufe donde poner el teléfono a cargar, mientras lo reiniciaba para ver si volvía la cobertura. Lo consiguió después de varios intentos, pero se agobió aún más al descubrir la cantidad de llamadas perdidas y mensajes que la esperaban de un mismo número.

Respiró profundo, intentó relajarse y devolvió la llamada.

—Sí, soy yo, Abril… Disculpa el retraso, el vuelo ha sido algo caótico.

La voz que hablaba desde el otro lado era la de un chico amable y tranquilizador que la hizo entender que ese tipo de retrasos eran de lo más común, que no tenía de qué preocuparse.

Quedaron en que la recogería en media hora aproximadamente, justo frente a la parada de taxis del aeropuerto, así que Abril se dispuso a buscar la salida de inmediato.

Odiaba los aeropuertos desde pequeña. Tanta gente cruzándose, el murmullo interminable, el ruido de las maletas con ruedas simulando una carrera, las pantallas iluminadas cambiando la información a cada momento, la megafonía… Le resultaba terriblemente agobiante.

De repente, tuvo la sensación de que la gente de su alrededor comenzaba a desaparecer y le pareció sentir la cercanía de alguien conocido. No supo descifrar si se trataba de un olor familiar, lo que sí podría jurar era que estaba sintiendo como su corazón latía en sintonía con otro corazón. Fue una sensación de lo más extraña.

Abril y Eneas acababan de cruzarse en aquel enorme aeropuerto y, aunque ninguno de los dos había sido consciente de ello, sus corazones se habían reconocido entre la multitud.

Eneas se giró de repente. ¿Qué había sido eso? Había sentido como si su cuerpo lo hubiera puesto en sobre aviso de algo. Se sentía en alerta. Le vinieron a la cabeza las palabras de Dani: «La gente de dinero es peligrosa, me preocupa que quiera tomar represalias en tu contra». Pero a la vez que esa frase asaltó sus pensamientos, la disipó con facilidad. No quería obsesionarse de nuevo como le pasó con Borja. No podía dejar que el miedo se apoderara de su vida y tenía que llegar a su pueblo con la cabeza alta y con seguridad.

Prefirió dirigirse directamente hacia el control de equipaje y enfocarse en lo bueno que le iban a traer los días venideros en compañía de su familia y de su mejor amigo. Aunque ella también se coló en esos pensamientos… Abril… ¿Se la cruzaría por el pueblo? Seguramente ella ya lo habría olvidado completamente gracias a la familia que había formado y no tendría ningún sentido mantener una mínima conversación de cortesía.

Finalmente, sumergido en sus cavilaciones, subió al avión. Ya no había vuelta atrás.

Abril logró encontrar la salida y dar con el chico que la esperaba para llevarla al congreso. Se lo agradeció de infinitas formas, mientras que este le decía una y otra vez que no se preocupara, que era algo que pasaba más a menudo de lo que les gustaría.

El congreso se realizaba justo en el salón de actos del hotel en el que Abril se hospedaba, así que en ese sentido podía estar tranquila. Le dio tiempo incluso a darse una ducha, cambiarse de ropa, preparar todas sus cosas y bajar justo a tiempo para el comienzo del evento.

Un chico joven comenzó dando una charla sobre los inicios de la fotografía y todo lo que se había progresado y avanzado hasta llegar a los tiempos que corrían. Luego, varios fotógrafos de prestigio hablaron sobre cómo mejorar y crear tu propia marca de forma original a través de las redes sociales, que era lo que estaba más en auge.

—Es interesante, ¿verdad?

El chico que estaba a su lado acababa de hablarle, lo cual sobresaltó a Abril, que no lo esperaba.

—La verdad es que me tienen totalmente atrapada con todo lo que cuentan —confesó ella.

El chico le extendió la mano a Abril en modo de presentación, y ella se la estrechó con algo de timidez.

—Mi nombre es Dani, un placer conocerte. Al parecer, seremos compañeros durante estos días.

—Yo soy Abril. Encantada, Dani.

Eneas llegó a Málaga sin ningún contratiempo. El viaje se le hizo algo largo debido a que no fue capaz de relajarse hasta el aterrizaje, pero cuando pisó tierras andaluzas, se sintió en paz.

Lucas se abalanzó sobre él en cuanto lo vio aparecer. A Eneas no le dio tiempo de reaccionar cuando se vio envuelto entre los brazos de su mejor amigo, al que tanto había echado de menos. Eneas le devolvió el abrazo y lo estrechó con fuerza contra su cuerpo. Lucas siempre era hogar.

—¡Que guapo estás, mamón! —exclamó Lucas.

—Lo sé, no es fácil mantener tanta belleza, lo mío me cuesta… —Eneas no dudó en vacilar a su amigo. Rieron juntos durante un buen rato, bromeando como siempre solían hacer cuando estaban juntos.

Había cosas que no cambiaban por mucho que pasara el tiempo, y eso les reconfortaba.

—De verdad, no sabes cómo te agradezco que hayas venido. El concurso va a ser un éxito. —Lucas sonaba realmente emocionado.

—¿Cómo iba a fallarte? Y, además, creo que tienes mucho que contarme sobre Manuel, ¿no?

Lucas comenzó con su verborrea y le contó a Eneas absolutamente todo, con pelos y señales, desde cómo surgió el proyecto del concurso hasta la pedida de mano de Manuel tras meses de hablar sobre compromiso.

A Eneas le hacía sinceramente feliz escuchar lo bien que le estaba yendo a su amigo en todos los sentidos. Él sabía mejor que nadie lo mal que lo había pasado después de lo de Gonzalo, y verlo rehacer su vida con tanta ilusión lo llenaba de dicha.

Durante el camino al pueblo, Eneas también puso al día a Lucas de su relación con Dani. Lucas también se alegró muchísimo de que su amigo le estuviera dando una nueva oportunidad al amor, ya que después de su historia con Abril no lo había vuelto a ver ilusionado por nadie.

No habían sido conscientes hasta ese momento de lo mucho que necesitaban desahogarse el uno con el otro. A veces, la distancia hacía que se envolvieran en sus respectivas rutinas y pasaran semanas en las que ni siquiera se escribían un simple mensaje.

Llegaron al pueblo en menos de una hora. Eneas se extrañó de que Lucas hiciera una primera parada en La Escena, ya que pensaba que lo llevaría directamente a casa de su madre, pero supuso que tendría que hacer algún tipo de recado urgente y prefirió no preguntar.

—Espero que no tuvieras prisa por llegar a casa —dijo Lucas mientras se bajaba del coche, como si le hubiera leído el pensamiento—. Pero me moría de ganas de presentarte a Manuel…

Eneas conocía perfectamente a su amigo, así que no le sorprendieron sus ansias por aquella presentación de la que tantas veces habían hablado. Se dejó llevar por él. Ya tendría tiempo para pasar con su familia.

Pero cuál fue su sorpresa cuando, al atravesar las puertas de La Escena, se encontró todo lleno de globos, pancartas de bienvenida, a su madre abalanzándose sobre él, a sus hermanos emocionados contemplando el reencuentro, a su precioso sobrino, Alejandro, aplaudiendo al verlo, y a varias caras más, algunas más conocidas que otras, recibiéndolo con todo el cariño del mundo.

—Sois unos cabrones… —dijo Eneas, emocionado—. Jamás me hubiera imaginado este recibimiento.

—No te merecías menos, mi amor. —Matilde irradiaba una felicidad desmedida al tener a su hijo cerca.

Sus hermanos también lo abrazaron con cariño: hacía meses que no se veían. Pero lo que más ilusión le hizo fue ver allí a su sobrino, que se lanzó a sus brazos y ambos se colmaron de besos.

Lucas estaba abrazado a Manuel, disfrutando de aquella escena tan tierna, cuando Eneas se acercó a conocer por fin personalmente a la persona que estaba haciendo tan feliz a su mejor amigo. Se abrazaron como si ya se conocieran de antes, ya que ambos habían escuchado hablar tanto el uno del otro y se habían saludado en alguna que otra llamada, que era como si ya mantuvieran también una relación de amistad.

—¡Enhorabuena por vuestro compromiso! —exclamó Eneas—. Estoy seguro de que vais a tener la boda más bonita del mundo y de que vais a ser muy felices. Os lo merecéis.

Lucas invitó a una copa de cava a todos los invitados, que brindaron por la familia, por la amistad y por el amor. Hacía tiempo que Eneas no se sentía tan arropado, rodeado de toda su gente, aunque tenía que reconocer que le hubiera encantado que

Dani lo estuviera acompañando en ese momento tan especial…
Se estaba acostumbrando a tenerlo cerca, y notaba muchísimo su
ausencia. Dani le había devuelto la ilusión por estar con alguien,
y eso era algo que tras su historia con Abril había descartado, así
que le estaba realmente agradecido. Salió un momento del local
para llamarlo:

—¿Qué tal el viaje, guapo? ¿Llegaste bien? —La voz de
Dani era paz.

—Ojalá estuvieras aquí. Mi familia y mis amigos me han
organizado una fiesta de bienvenida; estoy muy emocionado…

—Te lo mereces. —Dani se alegró sinceramente por Eneas—.
Disfruta cada momento como si fuera el último.

—Eso intento, pero me faltas tú… —Suspiró—. ¿Y a ti cómo
te va en el congreso? —A Dani se le dibujó una enorme sonrisa
tras aquella confesión.

—El congreso bien, conociendo a gente nueva y aprendiendo
muchísimo. Pero también te extraño…

Abril contemplaba a Dani hablar por teléfono y le pareció
que hablaba con alguien especial debido a sus gestos y su expresión. ¿Debía llamar a Oliver o debía esperar a que él le escribiera?
No quería agobiarlo tras los últimos acontecimientos, pero era
cierto que extrañaba saber de él, y, sobre todo, de su hijo.

Lo llamó, pero Oliver no le contestó a la llamada. Quizás no
debería haberle contado sus sospechas acerca de la paternidad
de su hijo, pero sentía que tenía que hacerlo, aunque en esos
momentos se estuviera arrepintiendo.

Oliver le mandó un mensaje de texto en el que ponía que
más tarde le devolvería la llamada, que estaba ocupado en esos
momentos, pero que el niño estaba bien, que no se preocupara.

—¿Oliver Román? —La voz de aquella enfermera lo hizo levantar la cabeza del teléfono.

Oliver se acercó a ella con determinación mientras Ángel permanecía dormido en el carro. La sala de espera de la clínica estaba prácticamente vacía, pero aun así no fue capaz de hablar en voz alta. Y en forma de una especie de susurro, logró decir:

—Vengo a solicitar una prueba de paternidad.

11

Cuando Oliver salió de la clínica, se sentía lleno de miedos. ¿Acaso dejaría de querer a su hijo si resultaba no serlo? ¿Por qué él nunca se había planteado esa duda sobre su paternidad? Lo cierto era que lo que le expuso Abril podría ser una opción perfectamente real… Quizás la felicidad de formar una familia lo había nublado y jamás había querido contemplar esa posibilidad, que, aunque era mínima, la había.

Se sentó en un parque cerca de casa para relajarse un poco y pensar. Ya estaba anocheciendo. Los tonos rosas y naranjas del cielo simulaban una especie de incendio con el que Oliver se sintió especialmente identificado. En esos momentos, su mundo interior estaba a punto de ser devorado por una enorme llama de desolación que lo acechaba desde la distancia, pero que cada vez su proximidad era mayor. Sentía el calor del fuego cerca, aunque aún no lo quemaba.

Miró a Ángel, que dormía plácidamente en su carro. Era un niño tranquilo, que lloraba cuando tenía hambre, sueño o cuando necesitaba que le cambiaran el pañal, pero el resto del tiempo dormía plácidamente o se entretenía con cualquier cosa… Se parecía mucho a Abril, eso era innegable.

Tenía la piel clara, el pelo rubio y liso, los ojos castaños, la nariz respingona y un precioso hoyuelo en la mejilla derecha cuando sonreía.

—Hola, hijo. —Esa voz…

Oliver se sobresaltó al ver frente a él la figura de un hombre mayor al que no tardó en reconocer.

—¿Papá? ¿Qué haces aquí? —Oliver no daba crédito.

—Llevo días intentando saber dónde encontrarte. He visto en varias ocasiones a tu mujer por la calle, aunque ella no me ha reconocido.

Oliver no se extrañó de que Abril no reconociera a su padre. Estaba realmente envejecido y su aspecto era muy parecido al de un vagabundo.

—¿Qué quieres de mí? —Oliver sonaba serio—. Ni siquiera te presentaste en el funeral de mamá.

Alfonso, que así se llamaba el hombre, soltó una sonrisa sarcástica.

—No podía ser tan hipócrita de asistir a su entierro; tu madre y yo nos detestábamos —dijo con frialdad.

—¿Y no se te ocurrió pensar que tu hijo necesitaba tu apoyo? Siempre has sido un egoísta de mierda. —La tensión entre Oliver y su padre crecía por momentos.

—¿Acaso tú te has preocupado por mí en todo este tiempo? —le recriminó Alfonso a su hijo.

—Tú eres el padre. Tú eres el que tenía que haber velado por su hijo, y no desaparecer durante años mientras yo me hacía cargo de la enfermedad de mi madre. —Respiró para intentar mantener la calma—. Ahora que soy padre no puedo entender cómo pudiste abandonarme de esa forma.

—Por eso precisamente estoy aquí —dijo Alfonso—. Quiero conocer a mi nieto.

—Lo siento, papá, pero a mi hijo no le hace falta un abuelo como tú.

Y, dicho esto, Oliver se fue de aquel parque con su hijo, sin mirar atrás. ¿Cómo tenía su padre la poca vergüenza de volver después de tantos años, como si nada? ¿Acaso la vida se había propuesto cebarse con él? ¿No iba a dejar de sufrir nunca? Estaba cansado de tener buena actitud ante todo lo que le pasaba. Se estaba empezando a derrumbar… Lo único que lo mantenía fuerte era pensar que cuando recibiera la prueba de paternidad confirmaría que él era el padre biológico de Ángel, porque si la vida también le arrebataba eso, entonces sí que caería en un pozo tan profundo del que no sabría cómo escapar.

Se sentía asfixiado, como si no pudiera respirar. Necesitaba desconectar un rato de todo y de todos. Su mente era, en aquel instante, un torbellino de emociones y sentimientos encontrados.

Marcó el número de Julia sin dudarlo un momento.

—¿Oliver? ¿Todo bien? —Julia sonaba preocupada, rara vez Oliver la había llamado.

—Julia… ¿Te importaría quedarte un rato con el niño? Estoy algo agobiado y Abril está en Madrid en el congreso…

Julia se extrañó muchísimo ante aquella petición de Oliver, pero no podía decirle que no. Ella era amiga íntima de Abril, aunque era consciente de la actitud que esta había tomado ante la maternidad, y entendía que su marido se viera superado por la situación. Así que le dijo a Oliver que le llevara el niño a casa sin ningún compromiso y se fuera un rato a despejarse. Y así lo hizo, aunque lo cierto era que le costó dejar al niño en otras manos. Pero realmente necesitaba pasear solo durante un rato para despejar y relajar la mente, o acabaría enfermo.

Pensó dónde podía ir, y entonces se sintió muy solo… No tenía amigos ni familia a quien acudir. Tenía a su mujer a cientos de kilómetros, un hijo al que había dejado en casa de una amiga, y un padre que nunca se había responsabilizado de él y que había reaparecido de repente en su vida.

De pronto, le pareció buena idea ir a La Escena a tomar algo, al menos allí conocía a Lucas y siempre lo habían tratado bien. Cuando llegó, se sorprendió por la cantidad de gente que había, al parecer había una especie de concurso. Se sentó en la barra para disfrutar del espectáculo mientras le pedía una cerveza a la camarera.

—Oliver, que alegría verte por aquí. —Elisa, la hija de Julia, lo reconoció rápidamente.

Oliver se sintió algo extrañado. Había conocido a Elisa cuando tan solo era una niña, pero al verla en aquel lugar, tras la barra, sirviendo copas, con su media melena castaña y la ropa tan ajustada que le realzaba hasta la mínima curva, se ruborizó al ser consciente de que ya se había convertido en toda una mujer.

—¿Qué haces trabajando aquí? ¿No eres demasiado joven?

—Ya soy mayor de edad, y es lo único que he encontrado por el momento.

Para ser tan joven, lo cierto era que Elisa tenía soltura para trabajar de cara al público. Era amable, risueña y carismática, y todo el que iba a pedirle una copa se lo hacía saber.

Lucas, transformado en Melissa, apareció en el escenario con un vestido de plumas rosas y una peluca amarilla peinada con un tupé infinito, presentando al jurado encargado de valorar a las candidatas que actuaban esa noche, y, para sorpresa de Oliver, Alhena era uno de ellos.

Hacía tanto que no la veía, que se le erizó hasta el último vello del cuerpo al recordar aquel trío que tanto habían disfrutado. Aunque también sintió una punzada en el estómago al pensar que podía estar ante el verdadero padre de su hijo.

Alhena, como de costumbre, brillaba entre la multitud con su presencia y elegancia. Todos aplaudieron con ímpetu cuando Melissa la presentó, ya que gracias al *reality show* la gente del pueblo la conocía y admiraba.

Las *drag queens* que concursaban eran totalmente *amateurs,* pero le ponían todas las ganas del mundo para entretener al público con sus *looks* y sus *shows* perfectamente preparados.

A Oliver le hizo especial gracia el espectáculo que dio La Dama de Leche, ya que empezó vestida de granjera y terminó transformada en superheroína: le pareció la más original.

—Oliver, me ha llamado mi madre —le dijo Elisa mientras limpiaba la barra—. Le dije que estabas aquí… No me dijiste que el pequeño Ángel estaba en mi casa, con ella.

—Sí, es cierto. —Oliver ya llevaba varias cervezas encima—. Tengo que ir a recogerlo.

—No estás en condiciones de ir solo. —A Elisa le pareció muy gracioso ver a Oliver ebrio—. Yo termino en media hora y te acompaño, ya que vamos a mi casa.

Cuando salieron de allí, el concurso aún continuaba, pero Elisa ya había terminado su jornada, así que Manuel la relevó en su puesto. Alhena, centrada en el concurso, ni siquiera se había percatado de la presencia de Oliver entre la multitud.

Oliver llegó al portal de Julia bastante perjudicado. Menos mal que Elisa se había ofrecido a acompañarlo; si no, a saber qué hubiera sido de él.

—Gracias por acompañarme… —balbuceó Oliver—. No suelo emborracharme así… Siento que hayas tenido que aguantarme.

Elisa le respondió con una sonrisa y un beso en los labios.

—No te preocupes, ha sido divertido —dijo ella tras el beso.

Oliver se quedó totalmente paralizado, era lo último que se hubiera esperado aquella noche.

Julia salió y le dijo a Oliver que el niño estaba profundamente dormido, que mejor lo recogiera por la mañana para no despertarlo, y Oliver accedió. Se había pasado bebiendo para olvidar todos sus problemas. No estaba en condiciones de cuidar a su propio hijo.

Al volver a casa solo podía pensar en una cosa… Los labios de Elisa sobre los suyos.

12

Mientras todos los asistentes al congreso bebían y charlaban en el bar del hotel, Abril solo podía pensar en que Oliver no la había llamado ni siquiera para informarla sobre su hijo. Entendía que estuviera dolido, pero ¿por qué la castigaba de esa forma?

—Te veo ausente —dijo Dani—. Te vendría bien socializar un poco y conocer a más gente del gremio.

—Eres muy amable, Dani. Y tienes razón, pero hay un asunto familiar que no me tiene del todo tranquila. —Abril fue lo más sincera que pudo.

—Si no es algo de vida o muerte. ¿No crees que te merece más la pena disfrutar de estos tres días de congreso y luego solucionar los problemas que tengas? Lo digo desde el más profundo respeto.

Abril asintió, Dani tenía razón. ¿De qué le valía martirizarse? Tenía que disfrutar de esa oportunidad que la vida le brindaba, así que se animó a pedirse una copa y dejó que Dani la presentara a un grupo de conocidos con los que la conversación fluyó de una forma muy natural.

Dani le pareció un chico encantador, pocas personas se habrían mostrado tan cercanas con ella si hubieran sentido esa coraza que muchas veces mostraba de forma involuntaria.

Charlaron, rieron, brindaron, intercambiaron redes sociales y se retroalimentaron mucho los unos de los otros hablando de los diferentes materiales y las diferentes técnicas que utilizaban para cada tipo de fotografía, entre otras curiosidades.

Ya era de madrugada cuando el bar cerró y todos los presentes se retiraron a descansar. Dani acompañó a Abril hasta la puerta de su habitación y se despidió de ella con dos besos.

—Ha sido un placer, mañana nos vemos.

—Que descanses… Buenas noches.

Abril se tumbó boca arriba en la cama. Estaba algo ebria, y las ganas de sexo se apoderaron de ella. La mayoría de las veces, cuando se masturbaba, lo hacía recordando la noche en la que se acostó con Oliver y Alhena al mismo tiempo… Aquel trío alimentaba sus fantasías y sus morbos más profundos. Su mente revivía a la perfección cómo las manos de sus dos amantes la acariciaban por completo, besando y saboreando cada rincón de su cuerpo, dejando un rastro húmedo y cálido.

Tampoco podía olvidar cómo la penetraron ambos, al mismo tiempo… Estaba tan excitada que se sorprendió muchísimo de su dilatación vaginal.

Mientras acariciaba su entrepierna, Abril visualizó una imagen más morbosa aún: Alhena seguía devorándola, pero el hombre que las acompañaba en la cama ya no era Oliver, sino Eneas. Y así, de repente, en sus fantasías, Oliver había desparecido y ella se encontraba gozando entre Eneas y Alhena, que, a pesar de ser la misma persona, en su mente se desdoblaban de una forma absolutamente fantástica, recibiendo así lo que más le gustaba de cada uno: la virilidad de Eneas y la presencia de Alhena.

—Te quiero —le dijeron ambos al unísono.

Y Abril estalló en un orgasmo tan placentero, que acto seguido se sumió en un sueño tan profundo como el mar.

La despertó el sonido del teléfono al día siguiente.

—¿Diga?

—Cariño, soy yo, Oliver…

Abril se espabiló al momento, dio un salto en la cama, se incorporó y puso el móvil en modo altavoz.

—Anoche me dormí esperando saber de vosotros —dijo ella con tono triste.

—Perdóname, no estoy pasando por mi mejor momento.

Oliver sonaba sincero, pero Abril recordó el consejo de Dani y decidió seguirlas.

—¿Te parece si lo hablamos mañana, cuando vuelva? Creo que va a ser lo mejor para ambos.

Esa reacción de su mujer dejó a Oliver algo confuso, pero prefirió no replicarle y omitir que su hijo había dormido en casa de Julia, al igual que la aparición repentina de su padre, entre otras cosas.

—Perfecto, mañana hablamos. Espero que te esté yendo genial. Te quiero.

—Yo también te quiero.

Y era cierto, se querían y habían luchado mucho por llegar al punto en el que estaban, pero ¿Les había merecido la pena? ¿Eran todo lo felices que se merecían? ¿Habían tomado la decisión correcta al casarse y tener un hijo?

Todas esas preguntas hacían que la mente de Abril no descansara ni un momento. Necesitaba tomar una decisión con respecto a Oliver y a su situación familiar, y tenía que tomarla cuanto antes.

13

—¡La semifinal de anoche fue todo un éxito! —exclamó Lucas.

—La verdad que me sorprendió muchísimo el nivel que traen las nuevas generaciones —confesó Eneas.

—Pues la semifinal del próximo sábado también viene cargada de sorpresas —remató Manuel.

Lo cierto era que el concurso había tenido una aceptación increíble por parte del pueblo, ya que, a parte de los participantes, todos los vecinos, familiares y amigos habían llenado el local para apoyarlos… Algo impensable hacía tan solo un par de años atrás.

Lucas se sentía tremendamente orgulloso de todo lo que su pequeño club LGTB estaba ayudando a abrir las mentes de un pueblo que parecía no querer avanzar, y que lo estaba sorprendiendo gratamente.

—A Dani le hubiera encantado —dijo Eneas con una sonrisa.

—Eneas, te están llamando con un número privado. —Manuel le acercó a Eneas su móvil, que estaba en modo vibración y ni siquiera se había percatado de la llamada.

Eneas descolgó, extrañado. Pero no le dio tiempo a articular palabra cuando una voz conocida le dijo en tono amenazante:

—Sé dónde te escondes, travesti de mierda, y no vas a poder escapar de mí. El que se la hace a Ginés Belmonte se la paga, y no voy a descansar hasta cobrarte cada palabra de tu comunicado.

Colgó. Eneas estaba paralizado. Borja, Gonzalo e incluso su propio padre pasaron por su mente.

¿Otra vez amenazado? No era justo. Y no pensaba amedrentarse ante nadie. Si Ginés Belmonte quería guerra, la tendría, pero no tenía intención de volver a agachar la cabeza.

—Eneas… te has puesto pálido. ¿Estás bien? —Lucas sonaba preocupado.

—Creo que se han equivocado de número. —Eneas no quería preocupar a nadie con sus problemas, y ese era un tema que pensaba solucionar solo.

Esa misma tarde había quedado con su madre, sus hermanos y sus cuñados para llevar a Alejandro al parque y disfrutar de su compañía, ya que en su día a día era algo que extrañaba y que no podía hacer. Así que optó por esconder sus preocupaciones y mostrar su mejor sonrisa.

Dani le escribió un par de veces para decirle lo mucho que lo extrañaba y las ganas que tenía de verlo. Lo cierto era que él también estaba deseando poder tenerlo cerca y presentarlo a sus seres queridos. Estaba seguro de que Dani era la persona indicada para hacerlo feliz, incluso le habló de él a su madre, que se moría por conocer a la persona que había conseguido conquistar el corazón de su hijo.

Aunque de camino al parque, el corazón le dio un vuelco al pasar frente a Reflejos, el estudio fotográfico de Abril. Mientras que no pensara en ella no existía ningún tipo de problema, pero al recordarla todo en su interior se removía. ¿Y si se la cruzaba? ¿Cómo reaccionaría al verla? ¿Estaba preparado para ese reencuentro? Solo de pensarlo se le erizaba hasta el último vello del cuerpo. De repente, sus besos dulces y sus caricias eternas invadieron sus recuerdos. Y no pudo evitar morderse el labio al recordar cómo su rubia y larga cabellera caía sobre su espalda desnuda mientras lo cabalgaba con pasión... Era imposible de olvidar. Abril se había metido en su piel como un tatuaje que ni el tiempo sería capaz de borrar.

—Cariño, tu sobrino te está haciendo carantoñas —dijo Matilde, devolviendo a su hijo al presente.

Eneas disipó sus pensamientos y se abalanzó sobre su sobrino para jugar con él en el parque. Alejandro era un niño muy espabilado para los dos años que tenía. Prácticamente lo hablaba todo y se comunicaba perfectamente con los adultos para mostrar hambre, sueño e incluso ganas de ir al baño. Eneas alucinaba con su energía, ya que brillaba por donde pasaba y hacía amigos con mucha facilidad. ¿Cómo podía quererlo tanto y estar tan orgulloso de él?

—Mira, tito. Un bebé —dijo Alejandro, señalando a un hombre que había sentado en un banco con un niño pequeño en brazos.

Eneas sintió cómo su sobrino tiraba de su mano para acercarse a ver al bebé, pero lo que menos se podía imaginar era que el padre de la criatura fuera precisamente Oliver.

Cuando ambos cruzaron sus miradas, no supieron muy bien cómo reaccionar.

—Perdona, Oliver. Mi sobrino quería saludar a tu bebé. —Fue lo único que se le ocurrió decir.

—Tranquilo, Eneas, es normal. Son cosas de niños. —Oliver presentó a Ángel y a Alejandro—. ¿Qué tal te va la vida?

Mientras Alejandro le hacía muecas al pequeño Ángel con un oso de peluche que este tenía babeado, Eneas le contestó a Oliver con sinceridad:

—Me alegro mucho de verte tan bien con tu hijo. Es precioso, por cierto. A mí todo me va bien, no me puedo quejar. Llegué ayer para pasar aquí unas semanas con la familia y ayudar a Lucas con un concurso que ha organizado, después volveré a Madrid. A fin de cuentas, allí tengo mi vida y mi rutina. —No sabía si preguntar o no, pero le pudo el impulso—. ¿Y Abril? ¿Qué tal está?

—Muy bien, con mucho trabajo. —Oliver prefirió no darle demasiadas explicaciones.

Se despidieron con cordialidad. Eneas se llevó de allí a su sobrino lo antes posible. Menudo mal trago acababa de pasar. Pero debía reconocer que le había hecho mucha ilusión conocer a ese pequeño querubín que había salido de las entrañas de Abril.

Oliver lo observó alejarse. No lo odiaba, jamás lo hizo. Eneas era un buen tipo, incluso él había sucumbido a sus encantos como Alhena en el pasado, pero le dolía pensar que él, que acababa de conocer a Ángel durante unos segundos, resultara ser su verdadero padre.

Ángel, de repente, miró a Oliver, y de sus labios salió una especie de sonido que a Oliver le pareció entender «Papá». Se emocionó mucho, aunque no sabía si había sido verdad o si habían sido imaginaciones suyas, fruto de las ganas que tenía de ser realmente el progenitor de esa criatura.

Dos lágrimas humedecieron sus mejillas mientras mecía, con todo el amor del mundo, a aquel precioso bebé que tenía entre los brazos.

14

Los dos días siguientes de congreso, Abril los aprovechó al máximo. Volvía a casa llena de nuevos conocimientos y técnicas para seguir creciendo como profesional, además de haber conocido a gente encantadora, como Dani y alguno de sus compañeros.

Se despidió de él con un abrazo, agradeciéndole el apoyo que le había brindado sin ni siquiera conocerla y se intercambiaron los números de teléfono para seguir en contacto. Dani era una de esas personas a las que Abril le gustaría mantener en su vida.

Avisó a Oliver mediante un mensaje de que su vuelo salía en un rato y que para media tarde estaría en casa, a lo que él contestó con un seco: «Ok. Buen viaje».

Tenían una larga conversación pendiente, la situación entre ellos no podía seguir así…

Abril no podía evitar preguntarse cómo habían llegado a ese punto. Ambos siempre habían demostrado quererse y luchar el uno por el otro, hasta cuando ella misma había metido la pata hasta el fondo. ¿Debería quizás haber dedicado más tiempo a su familia y menos al negocio? ¿Acaso influía que Eneas siguiera colándose en sus pensamientos más profundos? Quizás, desde que conoció a Eneas, la brecha que se había generado entre Oliver y ella era mucho más grande de lo que ella misma había querido aceptar.

Inmersa en sus pensamientos, Abril subió al avión y se acomodó en uno de los asientos junto a la ventana. Las vistas eran lo único que conseguía que se relajara mientras volaba.

—No te creo. ¡Esto es el destino! —La voz de Dani, que aún buscaba su asiento, la hizo sonreír.

—¿Qué haces tú aquí? —El tono de Abril era de absoluta sorpresa.

—Viajo a Málaga a visitar a un buen amigo —dijo Dani, cauto. Prefirió ser discreto con su relación, al menos por el momento.

—Si lo llegamos a saber, hubiéramos venido juntos desde el hotel. ¡Vaya dos!

Dani, entre risas, buscó su asiento y saludó a Abril con la mano. ¡Menuda coincidencia!

El viaje fue rápido, sin imprevistos ni retrasos. A la hora estimada se encontraban bajando del avión en el aeropuerto de Málaga.

—¡Pásalo bien! ¡Estamos en contacto! —exclamó Abril cuando Dani y ella se separaron en direcciones diferentes.

Ella se dirigió hacia el Uber que había contratado mientras que él se dirigía al *parking* donde lo esperaba su querido Eneas.

Se fundieron en un fuerte abrazo; ambos se morían de ganas de volver a sentirse cerca.

—Te he echado mucho de menos. —Eneas lo besó apasionadamente tras esa confesión.

—Y yo a ti. Mucho. —Dani le devolvió el beso con ganas.

Mientras sus lenguas se movían al ritmo de un húmedo vals, Eneas sentía que era la primera vez que se besaban de una forma tan intensa. Se habían extrañado mucho, y sus cuerpos pedían estar juntos, tanto que Eneas hizo señas a Dani para que entraran al coche por la puerta de atrás. Una vez acomodados, se dejaron llevar por las ganas que se tenían, despojándose de sus ropas y uniendo sus cuerpos desnudos en un sin fin de caricias. Les daba absolutamente igual que alguien pudiera verlos, solo podían pensar en lo mucho que se deseaban y en el placer que estaban sintiendo el uno con el otro.

Cuando terminaron, jadeantes, permanecieron abrazados un rato, entre pequeños besos y palabras de cariño. Dani estuvo a punto de verbalizar lo que realmente sentía, pero no se atrevió a hacerlo. Por un momento tuvo miedo de decir algo que pudiera estropear lo bonito que tenían, y se tragó aquel «te quiero» que sintió vibrar en sus labios.

Eneas comenzó a vestirse, ajeno a los pensamientos de su acompañante. Tenían que llegar a casa antes de la hora de cenar, ya que esa noche iba a ser una noche muy especial… Dani iba a conocer a su familia y amigos.

Abril, por su parte, tuvo un trayecto a casa de lo más tranquilo. Se moría de ganas por tener a su hijo en brazos y disfrutar del rico aroma que desprendía.

Oliver la recibió con un beso fugaz en los labios. Estaba demacrado. A Abril le dio una sensación horrible encontrarlo de esa guisa. Su marido siempre había sido un hombre aseado y pulcro, pero estaba irreconocible. Tenía los ojos hinchados, la piel pálida, la barba sin arreglar.

—Oliver… ¿estás bien? —Su preocupación era notable.

—Ángel está en la cuna, pasa. Ahora hablamos.

Ángel mostró una gran sonrisa al ver a su madre, la cual lo tomó en sus brazos y lo estrechó fuertemente contra su pecho. ¿Cómo podía quererlo tanto? Decidió disfrutar de él un rato, darle la merienda, cambiarlo, bañarlo. Lo había extrañado más de lo que se podía haber llegado a imaginar. Se había estado perdiendo demasiadas cosas de su bebé, pero aún estaba a tiempo de recuperar el tiempo perdido y dedicarle el tiempo que merecía.

—El niño se acaba de dormir —dijo Abril tras dejarlo en su cuna, ya por la noche.

—Abril… no levanto cabeza, ¿sabes? —Oliver necesitaba soltar todo lo que llevaba dentro—. Llevo tres días sin dormir, triste, sin ganas de nada… Incluso el sábado bebí… Tuve que dejarle el niño a Julia.

Abril no daba crédito a las palabras de su marido, pero decidió respirar y dejarlo terminar antes de intervenir.

—Siento que mi vida no vale la pena… —continuó Oliver—. Perdí a mi madre, siento que estoy perdiendo a mi mujer, y, posiblemente, también pierda a mi hijo. ¿Qué demonios me queda? ¿Un padre que después de años aparece de la nada como si de un fantasma se tratase? No puedo seguir así. Voy a caer enfermo.

—Nunca debiste dejar la terapia. Te iba genial —apuntó Abril.

—La terapia me servía de desahogo, y me hacía ver las cosas con otra perspectiva. Y sí, tienes razón, quizás no debería haberla dejado, pero me sentía fuerte a tu lado. Sentía que juntos podíamos con todo, pero no ha sido así… —Tragó saliva—. La verdad es que me he sentido muy solo en estos primeros meses de la vida de Ángel. Ha habido veces que me he sentido totalmente superado y lo he hecho lo mejor posible, para que, de repente, un día me digas que cabe la posibilidad de que no sea mi hijo. ¿Sabes cómo me destroza por dentro esa duda? Incluso he ido a una clínica a solicitar una prueba de paternidad, pero me da terror conocer el resultado. Si resulta que Eneas es el padre de Ángel, mi vida dejaría de tener sentido.

Abril sentía un dolor inmenso al ver así a Oliver. Lo cierto era que no se lo merecía. Él siempre había sido un hombre alegre, cariñoso, comprensivo y responsable. Y ahora solo veía los restos que quedaban después de que ella lo hubiera destruido con sus inseguridades. Debería haber sido más clara con él y más valiente con respecto a la relación de ambos. Ahora se veía en un callejón sin salida del que no podía escapar.

—Siento muchísimo haberte hecho tanto daño… No he sido consciente. —Abril se sentía realmente muy arrepentida por todas sus decisiones erróneas.

—Creo que nuestra relación ha tocado fondo, y no sé si vamos a poder salir a flote.

Oliver se marchó de casa, llorando como un niño. Abril se quedó allí, frente a la puerta, con el corazón roto en mil pedazos. Tenía que darle tiempo para recomponerse y que ambos tomaran una decisión definitiva con respecto a su relación.

Elisa, que paseaba tranquilamente con unas amigas mientras se fumaba un cigarrillo, vio como Oliver, cabizbajo, se dirigía hacia la playa. Se despidió de sus amigas y lo siguió.

Oliver se sentó frente al mar: le relajaba muchísimo escuchar el ruido de las olas y ver cómo desaparecían en la orilla tras transformarse en espuma. Elisa se sentó a su lado.

—Hola. ¿Cómo estás?

—Elisa, ¿qué haces tú aquí? —La sorpresa de Oliver fue mayúscula.

—Te he visto mal, y después de la otra noche me tienes preocupada… Yo siempre te he admirado, ¿sabes? Pensaba en la suerte que tenía Abril de tener a su lado un hombre como tú. No es justo que estés así. —Esas palabras de Elisa, aunque inesperadas, reconfortaron un poco a Oliver.

Y en un impulso, la besó. Ella le correspondió. Solo la arena, el mar, la luna y las estrellas fueron testigos de aquel beso que se alargó en el tiempo y del que ambos parecían no querer escapar.

15

La cena en casa de Eneas fue todo un éxito. Matilde se había esmerado en hacer sus platos estrella, además de vestir la mesa para la ocasión de forma fina y elegante. Todos los presentes se chuparon los dedos con la carrillada en salsa y las croquetas de rabo de toro.

Cuando Eneas llegó de la mano de Dani, ya estaban allí todos reunidos. Lucas y Manuel acababan de llegar, no se habían cruzado en la puerta de milagro. Dani entró con rubor, era la primera vez que entraba en casa de Eneas, y se encontraba algo nervioso, aunque todos lo recibieron con los brazos abiertos.

Matilde repitió cientos de veces lo encantada que estaba de tenerlo allí, y tanto los hermanos de Eneas como sus cuñados también hicieron porque el joven se sintiera lo más cómodo posible. Alejandro sintió mucha curiosidad por Dani, y lo acaparó enseñándole todos sus juguetes preferidos. Dani se derritió ante aquel niño tan adorable.

Eneas contemplaba la escena con emoción. ¿Sería posible tener al fin una relación sana y estable con una persona que encajara a la perfección en su vida y en su entorno sin complicaciones? Era lo único que deseaba con todas sus fuerzas en el punto de su vida en el que se encontraba.

Lucas y Manuel hablaron de sus planes de boda, y no dejaron pasar la oportunidad de invitar a Dani al evento del año, como acompañante de Eneas. El joven lo agradeció enormemente, y no pudo evitar sonrojarse al imaginarse en aquella boda de la mano del hombre que tanto le fascinaba.

Eneas se levantó e hizo que todos unieran sus copas en un emotivo brindis por los novios:

—Alzo esta copa para desearle a mi mejor amigo, Lucas, toda la felicidad del mundo junto a Manuel, que estoy seguro de que es el hombre perfecto para quererlo, cuidarlo, protegerlo y ayudarlo a sanar todas sus heridas. ¡Os deseo toda la felicidad del mundo, chicos!

Dani se sintió especialmente cómodo. Eran gente sencilla, humilde, generosa… En ese instante entendió que Eneas tuviera esa forma de ser que tanto le gustaba. Estaba rodeado de una familia y unas amistades realmente maravillosas, y no todo el mundo podía presumir de ello. Ojalá su familia hubiera aceptado su condición como chico transexual y no hubiera tenido que sufrir tantos desplantes. En el fondo, aunque se alegraba por Eneas, le tenía un poco de envidia.

El móvil de Eneas comenzó a vibrar. Otra vez un número oculto…

—Enseguida vuelvo, tengo que atender una llamada importante.

Eneas se disculpó y salió a coger el teléfono frente a la puerta de la calle. Nadie le dio importancia al asunto, pero Dani sintió que algo no estaba bien y decidió salir tras Eneas con la excusa de ir al baño. Había aprendido a conocer sus expresiones y reacciones. En otra ocasión hubiera dejado el móvil sonar en lugar de interrumpir una reunión importante.

—¿Qué quieres ahora? —Eneas sonaba enfadado.

—Sigue disfrutando de tu familia mientras puedas… Puede ser que dentro de poco no vuelvas a verlos nunca más… —La voz amenazante de Ginés Belmonte se estaba convirtiendo en una auténtica pesadilla.

—No te tengo miedo, desgraciado. —El tono de Eneas se tornó implacable—. No voy a permitir que ni tu ni nadie me haga daño a mí o a mi familia. Estaré preparado para enfrentarte. —Colgó, furioso.

—Es Ginés Belmonte, ¿verdad? —Dani había escuchado toda la conversación.

—Dani… no quería preocuparte. Ese tipo me está amenazando, pero no pienso dejarme asustar por él.

Dani cogió a Eneas de las manos y lo besó con ternura en los labios.

—Vamos a poner una denuncia en su contra ahora mismo —dijo, sereno, aunque asustado.

—No… —A Eneas le temblaron hasta las piernas de pensar en lo que sería capaz de hacer ese magnate con sed de venganza—. Voy a esperar a que él actúe primero, creo que solo quiere asustarme para que me retracte de lo que dije en el comunicado.

Dani, aún en desacuerdo con su decisión, lo apoyó, como siempre hacía. Acto seguido volvieron a la reunión y actuaron con total normalidad, como si nada estuviera pasando.

—Me encanta, es muy mono —le dijo Lucas a su amigo mientras Dani charlaba con Manuel.

—Como ya te dije, Dani es un chico muy especial. Me hace sentir querido y confío ciegamente en él. Creo que es la persona que me merezco.

—Pero Eneas… ¿Lo quieres? —Lucas conocía a su amigo, y no dudó en preguntar—: ¿Estás enamorado de él?

Eneas se sintió desarmado ante aquella pregunta. Dani le excitaba mucho y le encantaba estar con él. Obviamente del roce había florecido el cariño, pero ¿estaba enamorado? Lo cierto era que todo lo que estaba viviendo con él era tan nuevo, que ni siquiera sabía identificar sus sentimientos.

—Perdona —dijo Lucas al percatarse de que Eneas no sabía que responder—. No quería meterme en terreno pantanoso.

—Es posible que no esté locamente enamorado —confesó Eneas—. Pero si de algo estoy seguro es de que me gusta estar con él, ya que lo extraño cuando estamos lejos; de que me siento tranquilo simplemente con tenerlo a mi lado, y, sobre todo, que siento que es esa persona que tanto tiempo esperé y que por fin he encontrado.

Lucas asintió y abrazó a su amigo, emocionado. Él sabía mejor que nadie la falta de amor tan grande que Eneas había tenido siempre, y entendía perfectamente que ahora que había encontrado a una persona que le aportaba todo lo que él ansiaba, se aferrara a él desesperadamente, aunque no sabía si era lo correcto… Aunque eso solo el tiempo lo diría.

El resto de la semana transcurrió lenta, aunque aparentemente tranquila.

Abril se dedicó a terminar trabajos pendientes desde casa mientras cuidaba del pequeño Ángel y veía cómo Oliver entraba y salía, convertido en un alma en pena. Ninguno de los dos había tenido las agallas de volver a sacar el tema que los había llevado a esa situación.

Lo único bueno que Abril estaba sacando de todo aquello era poder disfrutar de su hijo las veinticuatro horas del día. Jamás había imaginado lo enriquecedor que era ver cómo su bebé aprendía cosas nuevas cada día, o aprender a identificar qué demandaba con cada llanto.

Y lo cierto era que prefería ni pensar en lo que hacía Oliver de puertas para fuera, porque todo lo que se le pasaba por la cabeza le hacía un daño que prefería evitar.

Oliver se estaba desahogando en los brazos de Elisa. Ella siempre lo buscaba y él se dejaba querer. Era el único rato del día en el que se sentía tranquilo, aunque le había pedido encarecidamente a la joven que lo llevaran con discreción, sobre todo por Julia.

—Si tu madre se entera de esto, me mata… —le decía en ocasiones, preocupado.

—Tranquilo, Oliver… Mi madre no se tiene porqué enterar, pero tú sí deberías hablar con tu mujer.

Oliver no podía, se negaba a reconocer que le estaba haciendo a Abril lo mismo que ella le hizo: le estaba siendo infiel, pero no podía parar… ni quería hacerlo. El sexo con Elisa era lo mejor que le había pasado en mucho tiempo, aunque ella parecía tener sentimientos hacia él.

—Siempre me has parecido un hombre muy atractivo. Desde niña me sonrojaba al verte, y ahora no puedo creer que te tenga en mi cama. —Esas palabras hacían que Oliver se sintiera poderoso, aunque en el fondo sabía que lo que estaba haciendo no era lo correcto.

Aprovechaban cuando Julia trabajaba para verse en su casa y tener largas sesiones de sexo en las que ninguno de los dos parecía satisfacerse nunca. En ese trayecto, Alfonso había intentado acercarse a su hijo en un par de ocasiones más, pero Oliver no quería escucharlo y lo ignoraba como si de un desconocido se tratase.

Julia, por su parte, había hablado con Abril sobre el día que cuidó de Ángel y le expresó su preocupación acerca del bienestar de Oliver.

—Si no ponéis una solución a esto, el niño va a ser quién más va a sufrir. Lo sabes, ¿verdad?

Las duras palabras de Julia siempre le caían a Abril como un jarro de agua fría, pero era la única que la hacía reaccionar con un choque de realidad.

—¿Y qué hago, Julia? Yo creo que lo nuestro ya no tiene sentido, ni solución. Yo ya no siento que esté enamorada de él. Lo quiero, sí, y me duele verlo mal, pero creo que se ha acabado definitivamente. —Le dolía cada palabra de esa frase como si un puñal se le clavara en el estómago.

—Amiga, tienes la solución en tus manos. Eres joven, tienes una carrera prometedora. Y tu hijo os necesita a los dos. —Julia cogió aire antes de seguir—. Más vale que tu hijo os vea fuertes por separado, a que os vea juntos y hundidos, ¿no crees?

Abril abrazó a su amiga con fuerza y rompió a llorar como una niña pequeña, sin consuelo. Julia se dedicó a consolarla, no pensaba decirle nada más al respecto, y aunque ahora le dolía verla derrumbada, se alegraba de haberla ayudado a abrir los ojos.

Eneas no volvió a recibir amenazas de ningún tipo, así que se dedicó a seguir disfrutando de su gente y aprovechó para enseñarle a Dani el encanto de su pueblo. El madrileño quedó fascinado con aquel pequeño pueblo costero y sus rincones. Era un lugar de ensueño.

También estuvieron ayudando a Lucas y a Manuel a preparar la semifinal del próximo sábado, ya que se avecinaban unos *shows* alucinantes de la mano de nuevas candidatas a la corona.

Todo parecía marchar viento en popa hasta que Manuel recibió una llamada el sábado por la tarde mientras Lucas y Eneas se estaban preparando para la segunda fase del concurso, que comenzaba en unas horas.

—Pero ¿cómo me vas a fallar precisamente hoy? ¿No podrías haberme avisado antes?

Manuel sonaba muy furioso, lo cual extrañó a Dani, ya que había demostrado ser un hombre bastante pacifista y comprensivo.

—¿Algún problema? —preguntó Dani, preocupado.

—El fotógrafo que contratamos para el concurso ha tenido un problema familiar y no puede venir. A ver qué hacemos ahora…

—Vaya por Dios. Si me hubiera traído mi material fotográfico las haría yo sin problemas. —De repente, una chispa se encendió en la cabeza de Dani—. En el último congreso de fotografía de Madrid conocí a una chica de la zona. Quizás si la llamo esté disponible para esta noche. ¿Quieres que lo intente? Es realmente buena.

Manuel estaba tan desesperado y agobiado en ese momento que aceptó la propuesta de Dani, tampoco tenía una opción mejor.

Dani salió a la calle para hablar más tranquilamente con Abril.

—¿Dani? ¡Qué sorpresa! ¿Todo bien? —Abril jamás hubiera esperado esa llamada.

—Abril… espero no molestarte, pero hemos tenido un inconveniente en un evento, el fotógrafo nos ha dejado en la estacada y me he acordado de que tu vivías por la zona ¿Estás libre esta noche?

—Podría escaparme por hacerte el favor —dijo Abril con honestidad—. Te portaste muy bien conmigo en el congreso, pero dime ¿de qué se trata y dónde es?

Abril sintió cómo su respiración se paraba por un momento al escuchar: Concurso *drag* y La Escena en la misma frase.

—No puedo creerme que estemos en el mismo pueblo —dijo al fin—. Yo conozco a Lucas, el dueño… ¿Podría hablar con él?

—Desde luego que es una casualidad increíble —confirmó Dani, realmente sorprendido por semejante coincidencia—. Lucas está ocupado, pero te llamo de parte de Manuel, su socio, que está desesperado por salvar la noche con un buen fotógrafo. Y yo le aseguré que conocía a la mejor. No hay problemas por el presupuesto, nos adaptamos a lo que pidas, pero te necesitamos.

Abril tragó saliva y respiró profundo antes de darle a Dani una respuesta definitiva:

—De acuerdo, cuenta conmigo. Nos vemos esta noche en La Escena.

—Mil gracias, Abril, de corazón. ¡Nos salvas la vida!

Dani le comunicó a Manuel que el problema estaba resuelto, así que decidieron no molestar a Lucas con aquel contratiempo, ya se enteraría llegada la hora.

16

Aquella noche, Oliver se quedó en casa con Ángel para que Abril pudiera acudir a su compromiso con Dani. Ella le agradeció el gesto de facilitarle las cosas, y él simplemente asintió con la cabeza sin ni siquiera articular palabra. Se sentía en la más absoluta miseria.

Cuando Abril salió de casa, Oliver se recostó en el sofá mientras pensaba en qué era lo que estaba haciendo con su vida. En ese instante, estaba sin rumbo alguno, dejándose llevar por sus instintos más primarios y evadiendo cualquier tipo de solución a sus problemas.

Contempló durante un buen rato cómo dormía su hijo. Era lo único que parecía calmarlo cuando estaba entre esas cuatro paredes. Sacó de su cartera un sobre cerrado: era de la clínica. En el interior de ese sobre estaba la verdad acerca de su paternidad, pero desde que lo había recogido, hacía ya unos días, no se había atrevido a abrirlo. Nadie sabía el miedo que Oliver tenía a que el resultado fuera negativo… Le dio vueltas al sobre hasta la saciedad, terminó dejándolo sobre la mesa y llamando a Elisa para que le hiciera compañía, la necesitaba.

Cuando consiguió al fin relajarse, pegaron a la puerta. Pero no era Elisa, era su padre.

—¿Qué demonios haces aquí? ¿Cómo sabes dónde vivo? ¿Me has seguido? —Lo último que le faltaba a Oliver era tener allí a su padre mendigando.

—Hijo, necesito que me escuches. Sé que no he sido el mejor padre del mundo, pero me gustaría conocer a mi nieto y estar cerca de él. —Alfonso, pese a su habitual soberbia, parecía sincero.

—Papá, dime la verdad. ¿Por qué has vuelto? ¿Acaso tienes problemas de dinero? Porque yo no puedo ayudarte.

—Es obvio que me he quedado sin nada. —Tomó aire—. Estoy pagando por lo mal que hice las cosas con tu madre, pero sobre todo contigo… Estoy en la calle tirado a causa de mis propios actos, y descubrir que he sido abuelo ha sido lo único que me ha devuelto la ilusión…

Oliver quería creer a su padre con todas sus fuerzas, pero le costaba muchísimo confiar en él. Hacía tanto tiempo que había perdido la fe en su progenitor, que en múltiples ocasiones lo había borrado de su mente, como si no existiera, como si también se hubiera muerto…

—Papá, no estoy pasando por mi mejor momento. —Oliver suspiró—. Desde que mamá murió no levanto cabeza, y lo he intentado… Pero están pasando demasiadas cosas en mi vida ahora mismo como para añadirle un problema más. Porque lo cierto es que nunca voy a poder confiar en ti. Si vuelves a mi vida siempre voy a estar con las alertas encendidas, esperando a que me falles… A que me decepciones… Y no estoy dispuesto a vivir así.

Oliver presenció cómo los ojos de Alfonso se llenaban de lágrimas tras sus palabras, pero decidió mantenerse fuerte y no derrumbarse ante él.

—Espero que puedas entender que estoy demasiado dañado, y no vuelvas a molestarme.

Alfonso se marchó con la cabeza gacha, cruzándose con Elisa en la puerta de la casa, que se quedó bastante impactada al ver al hombre llorar.

—¿Qué ha pasado? —preguntó preocupada.

Oliver puso al día a Elisa de lo que había pasado, con pelos y señales. Ella lo abrazó con intención de consolarlo, pero Oliver no tenía consuelo. Sentía que su vida iba cuesta abajo y sin frenos, y no veía la forma de volver a encauzar su camino.

—Mi madre me ha contado que ha hablado con tu mujer —dijo Elisa, cambiando el tema—. Abril lo está pasando realmente mal, y yo no quiero seguir ocultando lo nuestro.

—¿Qué nuestro, Elisa? —Oliver estalló, no podía más—. ¿No ves que no hay nada nuestro? ¿No ves que solo soy un despojo humano que te utiliza para sentirse mejor consigo mismo? Deberías alejarte de mí.

Elisa permaneció perpleja durante unos segundos ante semejante afirmación de Oliver.

—Te vas a quedar solo —dijo Elisa, enfadada—. Y luego no me vengas llorando, porque no estaré.

Oliver la sujetó de la mano, disculpándose por su brusquedad, pero Elisa tenía más para él:

—Yo quiero estar contigo, pero así no. Así que te voy a dar un tiempo para que te aclares, pero no me marees, por favor te lo pido. Y ahora me voy, que entro a trabajar en media hora.

Oliver se quedó solo de nuevo. Sentía como si el suelo se abriera y cayera en un profundo abismo del que cada vez le era más difícil escapar. Solamente había una manera de terminar con aquel sufrimiento.

En un arrebato abrió el sobre de la clínica.

Abril llegó a La Escena a la hora pactada, Dani la esperaba en la puerta para recibirla con un intenso abrazo y un sincero «Gracias, nos has salvado la vida».

Hacía tanto tiempo que no iba allí, que no pudo evitar sentirse extraña. Había vivido tantas cosas dentro de ese local. Había reído, había llorado, había amado… Le parecía mentira estar atravesando de nuevo aquellas puertas de madera pintadas en color rojo y dorado.

Todo estaba tal cual lo recordaba. Se le erizó hasta el último poro del cuerpo. Aunque lo cierto era que en aquella ocasión el local estaba especialmente abarrotado, se notaba que el concurso había causado sensación entre la multitud.

—Voy a avisar a Manuel de que has llegado, espera un momento aquí, junto al escenario —dijo Dani con una amplia sonrisa.

Abril no podía dejar de pensar en que el mundo era un pañuelo. ¿Cómo era posible que estuviera de regreso en La Escena por hacerle un favor a un chico al que acababa de conocer en Madrid hacía tan solo unos días? Era de locos…

—¿Abril?

No podía ser. Esa voz. ¿Acaso estaba soñando despierta? Abril sintió cómo el latido de su corazón se aceleró de repente. Se giró con incredulidad para comprobar que su nombre hubiera salido de los labios de quien ella creía. Y entonces la vio, como si de una aparición divina se tratara. Alhena estaba frente a ella. Su peluca platino extremadamente larga y ondulada, su vestido plateado palabra de honor de corte sirena, sus relucientes joyas adornando su piel y su perfecto maquillaje en tonos plateados y blancos, no brillaban tanto como sus ojos al tenerla frente a ella.

—Alhena… —logró decir, sin poder creerlo—. ¿Qué haces tú aquí?

Abril sentía que todo su mundo volvía a tener sentido al estar frente aquella diosa.

—Soy jurado en el concurso. —Alhena parecía estar en una nube—. No te esperaba por aquí.

Abril y Alhena no sabían qué decirse, solo se miraban y se sonreían como dos niñas tímidas que acababan de conocerse en el patio del colegio y querían ser amigas.

—Verás… Manuel, el socio de Lucas, me llamó para cubrir la baja del fotógrafo que tenían contratado… Pero jamás imaginé encontrarte aquí. —mientras le daba las explicaciones pertinentes, Abril sentía cómo sus respiraciones se entrecortaban por momentos.

—Pues menuda casualidad. —Alhena soltó una carcajada, fruto de los nervios—. Me alegro de verte, estás preciosa.

Abril, en ese momento, solo podía recordar las veces en las que había besado esos labios y acariciado ese cuerpo desnudo…

—Gracias… Tú estás más impresionante que nunca… —A Abril le costaba pronunciar cada palabra que salía de su boca.

Alhena asintió, agradeciendo sus elogios. La situación se estaba tornando más incómoda cada segundo que pasaba.

—El otro día conocí a tu hijo. —A Abril le dio un vuelco el corazón—. Es precioso, se parece mucho a ti. Enhorabuena, de corazón.

¿En qué momento había conocido a Ángel? ¿Por qué Oliver no se lo había contado? Si la situación era tensa, saber que quizás Ángel había estado frente a su verdadero padre, la tensaba más.

—Oliver no me ha contado nada, se le habrá pasado. —Sus nervios eran más que evidentes—. Pero muchas gracias. La verdad que es un niño increíble.

Dejaron de hablar durante unos segundos, no podían dejar de mirarse… Alhena notaba cómo los labios de Abril se entreabrían y su respiración se cortaba, y Abril sentía cómo la mirada de Alhena se clavaba en lo más profundo de su ser. En ese instante deseó besarla y olvidarse del mundo.

—Ya estamos aquí. —Dani apareció en compañía de Manuel.

Alhena, al ver a Dani dirigirse a Abril de una forma tan familiar, se sintió desconcertada. ¿Qué estaba pasando? ¿Cómo era que la persona con la que estaba intentando sanar todas sus heridas conocía a la dueña de una de ellas? La cabeza estaba a punto de estallarle.

—¿De qué os conocéis? —consiguió preguntar, tras intentar asimilar todo lo que estaba viviendo.

—Nos conocimos en el congreso de Madrid y coincidimos aquí en el pueblo ¿No es increíble? —explicó Dani con naturalidad.

Alhena miraba a Abril sin dar crédito a lo que acababa de oír. ¿Acaso no había más personas en el mundo con las que Dani pudiera haber coincidido? ¿Tenía que ser precisamente ella?

Dani siguió explicando por qué la había contactado para el concurso, pero Alhena ya no era capaz de prestar atención a nada… Su foco estaba única y exclusivamente puesto sobre Abril. Tenerla delante la hacía sentir como si el tiempo hubiera retrocedido y se encontraran en el mismo momento en el que se entregaron la una a la otra por primera vez en el suelo de aquel mismo lugar en el que se encontraban.

—¿Y vosotros ya os conocíais? —preguntó Dani, curioso—. Al ser del mismo pueblo.

Ambas se miraron sin saber qué decir. Se conocían demasiado bien, pero Dani no tenía por qué saberlo.

—Somos viejas conocidas del pueblo —mintió Alhena.

Manuel se presentó y habló con Abril de lo que esperaban de sus fotografías, y ella, sin poder apartar la vista de Alhena, asentía sin apenas prestar atención. Ella era una profesional y tenía talento, estaba segura de que su trabajo sería impecable. De lo que no estaba tan segura era de que su vida volviera a ser la misma tras ese reencuentro tan inesperado.

Durante la noche hubo cruces de miradas. Abril no pudo evitar enfocar a su musa en alguna ocasión y fotografiarla mientras ella posaba de forma casual. Parecía estar teniendo un *déjà vu*.

Elisa, cuando llegó, saludó a Abril con una sonrisa llena de remordimientos, y mientras servía copas no podía quitarse de la cabeza su conversación con Oliver. ¿Y si hablaba ella con Abril? Estuvo tentada de hacerlo en un par de ocasiones, pero la fotógrafa estaba tan centrada en lo suyo que no fue capaz de acaparar su atención.

Los *shows* fueron fantásticos, y la noche transcurrió de lo más amena. Abril se deleitó viendo a Alhena como jurado: tan regia, tan crítica, tan profesional… Había crecido muchísimo como artista, tan solo había que verla. También Melissa lo hizo genial como presentadora, aunque no pudo evitar su sorpresa al reconocer a la fotógrafa.

—Ha estado genial. Las elegidas para la final son espectaculares —dijo Abril al terminar la noche.

—Las nuevas generaciones vienen pisando fuerte. —Alhena sonaba orgullosa.

—Me ha encantado verte —Abril habló sin pensar, como de costumbre.

—Lo mismo digo. Ha sido una muy grata sorpresa volverte a ver.

De repente, Dani se abalanzó sobre Alhena, y cuando Abril pensaba que no podía sorprenderse más aquella noche, presenció como lo besaba en los labios y le decía «cariño», entre otras cosas, como lo bien que lo había hecho como jurado...

—Ha sido un placer, chicos. Nos vemos el sábado que viene en la final.

Y tras esa fugaz despedida, Abril salió de allí sin mirar atrás. Haber visto cómo Dani y Alhena se besaban le había dolido muchísimo.

17

Cuando Abril llegó a casa, de madrugada, Oliver y Ángel estaban profundamente dormidos. Intentó hacer el menor ruido posible, pero necesitaba darse una ducha de agua tibia para relajar la mente y el corazón. Ver a Alhena de nuevo había causado en ella un impacto demasiado grande.

Mientras el agua recorría sus curvas, no pudo evitar fantasear con lo que podría haber pasado si hubieran estado solas, en la intimidad… Recordar su legua en su entrepierna la hizo suspirar. Comenzó a acariciarse el clítoris con un ritmo leve, deleitándose en sus recuerdos… Sus manos grandes moldeando su cuerpo, sus besos cálidos invadiendo su piel, su notable erección en lo más profundo de su ser… El ritmo de sus dedos comenzó a acelerarse, incrementando el placer y las ganas de llegar hasta el final. Un final que no tardó en llegar al recordar cómo Alhena la penetraba con pasión.

Al salir de la ducha, hasta las piernas le temblaban del orgasmo tan intenso que ella misma se había provocado con sus fantasías. Nadie nunca la había llegado a excitar a esos niveles tan desproporcionados.

Pensaba tumbarse en el sofá para no despertar a Oliver cuando vio en la mesa un sobre abierto. Era de una clínica. Estaba a nombre de Oliver y no debía leerlo, pero la curiosidad mató al gato.

Abril se echó las manos a la cabeza tras conocer el resultado de la prueba de paternidad y comenzó a llorar sin consuelo, echa un ovillo, tumbada en el sofá.

Oliver era el padre de Ángel. Y ella, con sus dudas e inseguridades había vuelto a destruir todo lo bonito que habían construido juntos. Pero esa vez estaba segura de que no había solución posible. En primer lugar, porque ella había comprendido que ya no estaba enamorada de él, y permanecer juntos los acabaría destruyendo por completo.

—Te he escuchado llorar… ¿Estás bien? —Oliver se sentó junto a ella en el sofá.

Abril lo miró con ternura. ¿Cómo había podido hacerle tanto daño a la persona que mejor la había tratado en la vida? ¿Por qué había dejado de quererlo cuando nadie se merecía su amor más que él? Quizás era algo que no se podía elegir ni controlar. Pero ella lo había intentado de todas las formas humanamente posibles. Se limpió las lágrimas y se incorporó para mirarlo a los ojos.

—Oliver… Siento haberte causado tanto dolor. Tú no te merecías que te fuera infiel, ni que dejara de quererte… —Le costó decir eso último—. Pero ha pasado, y ojalá fuera diferente… Pero no puedo forzar lo que siento.

—No te preocupes, creo que está claro que nuestra historia termina aquí. Lo hemos alargado demasiado, ¿no? —Oliver soltó una sonrisa burlona, mostrándose en son de paz.

—Quiero serte totalmente sincera. —Abril cogió aire antes de seguir—. Cuando conocí a Eneas creí que solo sentía por él un cariño especial y una atracción sexual desmedida… Y pensaba que tú eras y serías mi único y verdadero amor siempre, creo que me autoconvencía de ello a toda costa. Pero desde que fuimos padres mi mente solo pensaba en que Ángel podía ser hijo de Eneas, y no quería hacerte daño con mis sospechas, pero, al mismo tiempo, su recuerdo seguía vivo en mí… No he podido olvidarlo…

Y esta noche he tenido a Alhena frente a mí después de mucho tiempo. Lo que siento es más que evidente. Estoy enamorada de Eneas y de Alhena a partes iguales. Son dos caras de una misma moneda que no puedo separar de mi mente ni de mi corazón. Y siento hacerte más daño diciéndote esto, pero necesitaba ser completamente sincera contigo.

Oliver tragó saliva a la vez que se bebía las lágrimas al escuchar y confirmar todo lo que ya sospechaba, y no pudo evitar derrumbarse y sincerarse con Abril, abriéndose en canal.

—Yo también te he engañado con otra… —dijo sin tapujos—. Llevo una semana acostándome con Elisa, la hija de Julia.

—¿Qué? —Definitivamente, para Abril esa era la noche de las sorpresas—. Pero Oliver…

—Llevo meses sintiéndome solo en la crianza del niño, superado con la situación, intentando respetar tu carrera profesional, pero te has aprovechado de la situación para cargarme a mí con toda la responsabilidad, y no has sido justa ni generosa… Yo tampoco podía más, pero luchaba todos los días por mantener unida esta familia, pero tus dudas sobre mi paternidad fueron un detonante para mí… Llevo días mal, y Elisa me ha dado cariño y me ha ayudado a evadirme, aunque ni siquiera siento nada especial por ella…

Abril lloraba a mares, asumía la culpa de todas las acusaciones de su marido. Tenía razón, había sido una egoísta y una insegura, y ahora estaba pagando las consecuencias de sus actos. Pero lo de Elisa no podía entenderlo. ¡Era la hija de su mejor amiga, por el amor de Dios!

—Sé que no es comprensible, ni siquiera puedo mirarme al espejo sin sentir asco… Pero ha sido la única que me ha brindado consuelo, y me he dejado llevar. Y ahora puede que sea tarde, porque ella también va a salir dañada de todo esto… —Oliver sentía que se le desgarraba el alma con cada palabra.

—Siento haberte arruinado la vida de esta manera, no te lo mereces…

Abril y Oliver se fundieron en un cálido abrazo lleno de culpabilidad, perdón y arrepentimiento. Hubo un tiempo en el que se quisieron de una forma bonita y sana, pero todo lo sucedido entre ellos había causado una brecha imposible de reparar. Ambos lloraban sin consuelo, sintiendo que sería la última vez que estarían juntos después de media vida.

—Aunque a partir de ahora tomemos caminos separados, nuestro hijo siempre será el reflejo de lo que fuimos. —dijo Oliver, emocionado—. Y tenemos que ser fuertes por él.

Abril asintió, sin dejar de sollozar. Sentía la tristeza más grande de su vida, pero a la vez sentía un inmenso alivio en su interior.

—Vamos a divorciarnos. —A Oliver le temblaba la voz—. Vamos a compartir la custodia de nuestro hijo y vamos a intentar ser felices, los tres, ¿vale?

El amanecer fue testigo de cómo aquel matrimonio llegaba a su fin tras una noche llena de dolor, confesiones, comprensión, cariño y muchísimas lágrimas…

18

Eneas tampoco pudo pegar ojo en toda la noche. Aún seguía impactado tras su reencuentro con Abril. ¿Cómo podía seguir despertando en él lo mismo que hacía casi dos años? Cuando miraba a su lado y veía a Dani desnudo, dormido junto a él, sentía una rabia horrible de no sentir por él ni una cuarta parte de lo que llegó a sentir por Abril en su día… Y de lo que seguía sintiendo, porque no se podía negar las ganas que había tenido de volver a probar sus labios en más de una ocasión esa noche.

Se levantó a fumarse un cigarrillo asomado en la ventana. Estaba realmente preocupado por lo que pudiera hacer Ginés Belmonte en su contra, aunque intentaba no entrar en pánico y vivir el día a día. Y ahora, de nuevo, Abril en su vida. ¡Con lo tranquilo que estaba hacía tan solo un mes!

¿Por qué tenía que volver a tambalearse todo? ¿Acaso no tenía derecho a una estabilidad? A veces pensaba que había nacido para sufrir, aunque sonara deprimente.

Mientras fumaba, le vino a la mente la conversación que había tenido con Lucas justo antes de volver a casa esa misma madrugada:

—No sé cómo se ha dado la casualidad de que Manuel contrate a Abril a través de Dani, pero no quiero volver a ser testigo de cómo la miras… No quiero volver a verte mal… Ya te dejó el corazón destrozado hace tiempo, y tú ahora eres feliz con Dani, que es una persona encantadora —le dijo Lucas, furioso.

—A ti no te puedo engañar. Me conoces demasiado bien, amigo mío. Y sabes que todo mi mundo se ha derrumbado al volver a tenerla frente a mí… Nunca he dejado de recordarla ni de quererla…

La melancolía con la que Eneas hablaba de ella ponía de peor humor a Lucas.

—Voy a intentar por todos los medios que Manuel busque a otro fotógrafo para la final del sábado que viene, así me aseguro de que no la vuelves a ver.

—Lucas, no digas tonterías, sabes que Abril es la mejor en lo que hace. Además, ella está casada y ha formado una familia, y yo no pienso apartar a Dani de mi vida. Tengo que aprender a vivir con este sentimiento, porque parece ser que me acompañará toda la vida.

Lucas pareció relajarse tras esa última aclaración de Eneas; lo abrazó con fuerza. Nadie sabía lo mucho que le dolía ver a su amigo pasarlo mal.

Eneas sonrió al pensar en Lucas… ¡Que intenso era, y cuánto lo quería! Por mucho que le regañara, sabía que lo hacía porque se preocupaba realmente por él. Ni con sus hermanos había conseguido establecer un vínculo tan puro y verdadero como el que tenía con Lucas.

Volvió a la cama para intentar dejar de cavilar y descansar la mente. Dani lo abrazó y lo besó con ternura en el pecho, haciendo que a Eneas se le erizara la piel. Consiguió dormir placenteramente lo que quedaba de noche.

Lo despertó el placer. Por unos instantes le vino la imagen de Abril, desnuda en la cama junto a él, saboreando su erección matinal con su boca húmeda y cálida. Pero, obviamente, no se trataba de Abril, sino de Dani. Al ser consciente de que era él, le acarició la cara a modo de buenos días, con una sonrisa de oreja a oreja, aunque Dani no paró para contestarle. Eneas tenía que reconocer que lo hacía muy bien, pero el haber pensado en Abril nada más despertar no lo dejaba concentrarse, y la erección se desvaneció.

—¿Estás bien? —Dani sonaba incrédulo—. Nunca te había pasado esto.

—Lo siento. Tengo demasiadas cosas en la cabeza. —Eneas se sintió bastante avergonzado, pocas veces se había visto en esa situación.

—Sabes que puedes contarme lo que sea —dijo Dani, con tono serio, mientras se incorporaba.

—No puedo mentirte, y no te lo mereces… —Eneas cogió aire antes de continuar—. Abril y yo tuvimos una historia bastante complicada hace un par de años… Ella fue la persona que me rompió el corazón, y verla anoche me ha desestabilizado por completo.

Dani abrió los ojos como platos ante aquella confesión que le pilló completamente por sorpresa.

Eneas le contó toda la historia con pelos y señales desde que conoció a Abril hasta que decidieron tomar caminos separados. Había partes que le costaba muchísimo recordar, cómo cuando estuvo entre la vida y la muerte por culpa de Borja o cuando descubrió la oscura verdad sobre su padre. Abril había formado parte de su vida en una etapa realmente crucial, y siempre estuvo a su lado.

Dani permaneció completamente concentrado en la historia de Eneas, y en más de una ocasión incluso llegó a emocionarse. No podía creer que después de todo lo que había sufrido afrontara la vida con esas ganas y esa fuerza que emanaba. Como tampoco podía creer la inmensa casualidad de la vida de haber hecho migas precisamente con la chica que le había roto el corazón al hombre que poseía el suyo... Era todo muy difícil de digerir.

—¿Y cómo te sientes ahora? —preguntó Dani finalmente.

—Me siento aliviado de haberte contado la verdad, no mereces que te oculte nada —dijo Eneas con sinceridad.

—Me refería a cómo te sientes con respecto a Abril... ¿Aún sientes algo por ella?

Eneas agachó la cabeza, apartándole la mirada a Dani... Era incapaz mantener el contacto visual con él en esos momentos, pero tenía que contestarle con la verdad...

—Dani... Tú eres la persona más maravillosa que he conocido jamás, y siempre he pensado que eres lo que me merezco, pero no puedo mentirte ni mentirme a mí mismo... Estoy perdidamente enamorado de Abril, y me temo que siempre ha sido y va a ser así.

Dani, con lágrimas en los ojos, abrazó a Eneas y le dio las gracias por la honestidad. Permanecieron un buen rato abrazados, hasta que Dani tomó la palabra de nuevo:

—Eres maravilloso, Eneas, y te agradezco que me seas sincero antes de alargar algo que seguramente no iba a llegar a ninguna parte. Gracias por todos los momentos tan maravillosos que hemos vivido juntos... Te quiero. Has sido muy importante para mí.

Ese «te quiero» le rompió el alma a Eneas, que no podía evitar sentir una culpa terrible al estar terminando con la relación ta bonita que tenían.

—Si te parece bien, esta misma tarde me vuelvo a Mad ya no tiene ningún sentido que siga aquí.

Eneas asintió, aunque en el fondo no quería que se marchara, pero era consciente de que no podía retenerlo a su lado simplemente por su propio bienestar, no era justo. Dani se merecía ser feliz.

id,

19

Eneas se despidió de Dani a primera hora de la tarde. Aunque había insistido en llevarlo al aeropuerto, Dani prefirió irse en Uber y dejar atrás a Eneas cuanto antes.

Se fundieron en un cálido abrazo con sabor a despedida, y aunque ambos tuvieron ganas de darse un último beso, se contuvieron. Eneas vio cómo el coche desaparecía en la lejanía y le entristeció pensar que no volvería a disfrutar jamás de su compañía...

Caminó sin rumbo durante un rato, pensando en todo lo que se había removido en su interior. Y siendo completamente sincero consigo mismo, lo único que le apetecía en esos momentos era volver a ver a Abril, así que no dudó en dirigirse a su estudio fotográfico.

Reflejos estaba decorado con muchísimo gusto, además de ser un lugar amplio, luminoso y moderno. Eneas vio el cartel de cerrado, pero a través del cristal vio que Abril se encontraba allí recogiendo el material. Tocó el timbre con decisión. Cuando Abril lo vio tras la puerta de cristal, sintió como si el corazón se le estuviera a punto de salir del pecho.

—Eneas... —fue lo único que pudo decir tras abrir, ya que estaba totalmente impactada. Era aún más guapo de cómo lo recordaba. Aquellos dos años le habían sentado demasiado bien.

—¿Puedo pasar? Necesito que hablemos. —Eneas sonaba sosegado.

Abril lo invitó a pasar, y todo su cuerpo se estremeció al recordar la última vez que habían estado a solas...

—¿Vengo en mal momento? —preguntó Eneas, algo apurado.

—Al contrario, ya he terminado por hoy. ¿Puedo ayudarte en algo?

Ambos estaban nerviosos al sentir la cercanía del otro. Sus respiraciones se entrecortaban y sus corazones se aceleraban sin control alguno.

—No sé si lo que voy a hacer es lo correcto, pero si no lo es, házmelo saber.

Y en un arrebato, Eneas agarró a Abril por la cintura y la estrechó contra su cuerpo dejando sus bocas a pocos centímetros de distancia.

—Yo tampoco sé si esto es lo correcto, pero no hay nada que desee más en este mundo.

Abril besó a Eneas. Sus labios y sus lenguas se entendían a la perfección, parecían no haber dejado nunca de bailar al mismo son.

Abril guio a Eneas a su despacho, donde nadie podría verlos desde la calle, y una vez allí comenzaron a despojarse de su ropa con unas ansias desmedidas. Tenían ganas de sentir sus cuerpos desnudos, de sentir los besos el uno del otro, sus lenguas húmedas recorriendo sus cuerpos, sus caricias infinitas…

Eneas subió a Abril sobre la mesa del despacho, a horcajadas, no podía parar de besar sus labios y lamer su cuello mientras ella gemía despavorida. Abril lo abrazaba con un deseo irrefrenable de no volver a separarse de él… Cuánto había extrañado ese cuerpo y ese olor tan característico de Eneas que tanto la excitaba…

Abril tomó el control de la situación, empujando a Eneas contra la silla de oficina, en la que cayó sentado. Ella se agachó a saborear aquella enorme erección que había crecido por momentos y con la que tanto había fantaseado últimamente. Eneas parecía estar cumpliendo también un sueño reciente, ya que esa misma madrugada esa imagen se había colado en sus pensamientos, como si de un presagio se tratase.

Eneas la alzó de nuevo hacia sus labios, atrapándola entre sus brazos y sentándola de rodillas sobre él, con una pierna a cada lado de la silla. La postura era muy excitante, ya que mientras la besaba y acariciaba sus pezones erectos, sentía como su zona más íntima se humedecía con el roce de su miembro.

Disfrutaron de ese roce durante unos minutos, hasta que Eneas la cogió en brazos y la sentó a ella en la silla, frente a él, con las piernas totalmente abiertas para que pudiera besar sus otros labios. Aquellos labios húmedos y cálidos que tanto le gustaban. Abril se estremecía con cada movimiento de su lengua hasta que llegó el momento en que necesitaba más y se lo hizo saber a Eneas, agarrando su erección y dirigiéndola hacia su cavidad vaginal…

Eneas tumbó a Abril sobre la moqueta, se colocó el preservativo, y la penetró de forma cautelosa. Abril se sintió plena al sentir a su amante en su interior y comenzó a moverse al ritmo de sus primeras embestidas, que no tardaron en aumentar la intensidad.

Abril no quería que terminara nunca, quería vivir en ese placer constante, y por eso cada vez que percibía que Eneas podía terminar, paraba y lo calmaba con besos y caricias hasta cambiar de postura. Lo cabalgó, lo hicieron de pie, contra la pared, de frente, de espaldas… Eneas sentía que en cualquier momento iba a estallar de placer. Hasta que Abril llegó al clímax en una brutal embestida de Eneas y sus gemidos de éxtasis hicieron que él también terminara y se desplomara en el suelo junto a ella. Permanecieron varios minutos sin poder hablar, recuperando el aliento.

Se abrazaron y se besaron con pasión.

—Ha sido increíble —dijo Abril, mirándolo a los ojos—. Cuánto te echaba de menos…

—¿Qué vamos a hacer ahora? ¿Y Oliver? —Eneas, aunque estaba feliz, no pudo evitar sentirse culpable.

—Se acabó. —Abril sonó contundente—. Oliver y yo lo hemos intentado hasta la saciedad, pero lo nuestro no funciona. Yo te quiero a ti, y ha sido así desde que te conocí. Aunque no me atreviera a reconocerlo.

Una lágrima se deslizó por la mejilla de Eneas. ¿Abril acababa de confesar que lo quería?

—No llores. —Abril secó sus lágrimas con delicadeza—. Me ha costado mucho tiempo ser consciente de mis verdaderos sentimientos, pero es la realidad. Aunque ahora tu corazón le pertenezca a Dani. —Se le rompió el alma al recordar cómo se besaban en La Escena.

—Dani y yo nos estábamos conociendo, ¿sabes? —aclaró Eneas—. Y es un chico tan especial que incluso pensaba que podría hacerme feliz dándome todo lo que tú no podías darme… Pero el problema era que no eras tú, Abril. Yo sigo enamorado de ti como el primer día, y Dani lo sabe, lo acepta y se ha marchado.

Abril se quedó sin habla. ¿Y ahora qué? Estaban juntos y desnudos después de haberse entregado en cuerpo y alma el uno al otro, hablando de que se querían tras casi dos años sin verse. Era de locos.

De repente, el teléfono de Eneas sonó. Era una videollamada de Dani, lo cual le resultó raro. Se levantó rápidamente para descolgar y ver si necesitaba algo, pero lo que vio no fue lo que esperaba: Dani se encontraba amordazado y maniatado en una especie de local mientras alguien lo enfocaba desde su teléfono móvil.

—¿Has visto a quién tengo aquí? —La voz de Ginés Belmonte hizo que Eneas se dejara caer contra la pared, sin poder dar crédito—. Tengo a tu putita, y de ti depende que no le pase nada.

Abril se vestía rápidamente, escuchando con preocupación la voz de ese tipo, mientras Eneas se descomponía por momentos.

—No le hagas daño. Dime dónde estás y yo voy, pero déjalo en paz, por favor… —El ruego de Eneas hizo reír a Ginés.

—Respuesta correcta —dijo el secuestrador—. Te mando la ubicación al teléfono, pero ni se te ocurra llamar a la policía, o la cosa se puede poner aún más fea. Te espero en dos horas.

Cuando Ginés Belmonte colgó, Eneas no pudo evitar romper a llorar. Estaba nervioso.

—Eneas… ¿qué ha pasado? ¿En qué lío te has metido ahora? —Abril no entendía nada.

—Tengo que irme, ya te lo explicaré. —Hizo ademán de irse tras vestirse, pero Abril lo retuvo.

—No te voy a dejar solo, así que cuéntame qué pasa y déjame ayudarte.

Eneas le contó a Abril, con todo lujo de detalles, lo que lo había llevado a esa terrible situación. Ella lo escuchó y asintió mientras pensaba en la forma de ayudarlo…

—¿Confías en mí? —Eneas asintió, pero bajo ningún concepto quería ponerla en peligro—. Se me está ocurriendo algo para salvar a Dani sin arriesgar la vida de nadie.

—Abril, se trata de un tipo peligroso. Tengo que ir solo.

—Según me has contado, ese tipo, en las últimas semanas, ha perdido toda la credibilidad y el apoyo de la gente que lo rodeaba debido a tu comunicado, ¿no es así? —Eneas asintió—. Y las llamadas te las ha hecho él personalmente, sin ningún mediador… ¿O me equivoco?

—¿Qué me quieres decir con eso? —Eneas no captaba lo que Abril trataba de decirle.

—Pues que creo que ese tipo está absolutamente solo, sin nadie que lo esté ayudando, y si vamos juntos nos será más fácil distraerlo y rescatar a Dani que si vas tú solo.

Eneas reflexionó durante unos instantes… ¿Y si Abril tenía razón? Al fin y al cabo, lo último que había visto en las noticias era que Ginés Belmonte había perdido su prestigio y prácticamente se había quedado solo. Si realmente estaba actuando sin la ayuda de nadie sería más fácil de salvar a Dani de sus garras… Pero si no era así, se estaban arriesgando a que Abril también se viera envuelta y afectada en aquel asunto del que era totalmente ajena.

—¿Recuerdas el día en el que te seguí porque tuve una corazonada y resultó cierta? —Abril cogió fuertemente a Eneas de las manos.

—Cómo olvidar aquel día… —Eneas tragó saliva—. Si no llega a ser por ti, mi padre me hubiera matado.

Aquellos recuerdos le dolían demasiado. Eran heridas aparentemente sanadas que al hurgar volvían a abrirse con facilidad. Sintió miedo de pensar que podría volver a vivir algo parecido, pero tenía que ser valiente, al igual que Abril lo era, y no por él, sino porque Dani no se merecía estar pasando aquel infierno por su culpa.

—De acuerdo —dijo Eneas al fin—. Tú me dirás cómo lo hacemos.

Abril lo abrazó con fuerza, lo besó con ímpetu en los labios, y le contó su plan.

20

Oliver, mientras su hijo jugaba en la cuna parque, deambulaba por la casa como un alma en pena dándole vueltas a su última conversación con Abril... Aún sentía su abrazo, cálido y sincero.

¿Cómo era posible que tras tanto luchar, su relación se hubiera terminado de aquella manera?

Él había llegado a pensar que realmente podían superar cualquier obstáculo, especialmente tras la muerte de su madre y la infidelidad de Abril, pero a la vista estaba que no. Los sentimientos no se podían forzar, y tanto lo positivo como lo negativo terminaba saliendo a flote. A Oliver le constaba que Abril había intentado con todas sus fuerzas volver a ser la misma que era antes de conocer a Eneas, pero lo cierto era que no lo había conseguido... Eneas le había calado demasiado hondo, y él no podía ni quería competir contra ese sentimiento. Posiblemente era injusto para Oliver, ya que había perdonado una infidelidad, había intentado sanar sus heridas en terapia, e incluso había abierto su mente con intención de complacer a su mujer en todo lo posible, pero nada había sido suficiente. Y no podía reprocharle nada a Abril, ya que ella ni siquiera le pidió que hiciera todos los esfuerzos y los sacrificios que él había decidido hacer por salvar una relación que ya estaba rota.

Oliver la quería, pero también tenía que reconocer que se había aferrado a ella y se negaba a dejarla ir, cuando lo más sano hubiera sido tomar distancia.

Por más vueltas que le daba, terminaba llegando a la misma conclusión: ya no tenía sentido martirizarse, y sus vidas tenían que seguir, por ellos y por Ángel.

Así que llamó a Elisa y la citó para hablar con ella y comunicarle la decisión que había tomado con respecto a ellos: no podían seguir viéndose.

—¡No me puedes dejar así! —exclamó, alterada, tras conocer la situación de Oliver.

—Elisa… no pongas las cosas más difíciles, por favor… No estoy pasando por un buen momento…

—Cuando me follabas te daba igual estar pasando por un mal momento, ¿no? ¡Eres un cabrón!

Elisa había perdido el control, y a Oliver no le estaba gustando en absoluto el rumbo que aquella conversación estaba tomando.

—Vas a asustar al niño —dijo, intentando calmarla.

—Me da igual. ¿Sabes cómo me siento? ¡Cómo una puta que has usado a tu placer y que ahora desechas! —La mirada de Elisa se humedecía por momentos.

—No digas eso… Estar contigo me ha hecho mucho bien, Elisa. Pero precisamente si te digo de no volver a vernos es para no hacerte más daño… Yo en estos momentos no puedo tener ningún tipo de relación con nadie, a excepción de mi hijo, que lo único que me da fuerzas para seguir.

Elisa pataleó, gritó y lloró desconsolada mientras Oliver ᵃba tranquilizarla con caricias en la espalda y palabras de ero le fue imposible… Estaba totalmente desquiciada.

nte, Ángel rompió a llorar, sobresaltado. Oliver acudió mecerlo, para calmarlo. Elisa lo miraba con rabia sentía engañada y utilizada por el hombre del que se había enamorado perdidamente. ¿Pero que podía hacer? No lo podía obligar a estar con ella… ¿o quizás sí? De pronto, un impulso se apoderó de ella. Se levantó del sillón, cogió un jarrón que adornaba en el mueble del salón y golpeó a Oliver fuertemente en la cabeza.

Oliver cayó a sus pies, totalmente inconsciente. No sangraba, lo cual tranquilizó a Elisa, que, dentro de su ataque de ira, se encontraba asustada. No lo pensó dos veces antes de coger al pequeño Ángel de la cuna y salir de allí corriendo, aunque primero se aseguró de que ningún vecino pudiera verla salir con el niño en brazos. Elisa no era consciente de la locura que estaba cometiendo, simplemente se estaba dejando llevar por su desesperación y sus impulsos más irracionales: si chantajeaba a Oliver con devolverle a su hijo sano y salvo, volvería a sus brazos.

Cuando tuvo un atisbo de lucidez, se encontraba en medio de un parque. A esas horas no había nadie allí. ¿Qué hacía con el hijo de Abril y Oliver? ¿Acaso estaba loca? Ella no era así. ¿Cómo había podido hacer algo tan descabellado? Miraba al niño, que lloraba sin consuelo, y miraba a todos lados, sintiéndose observada. Por un momento se sintió sin salida, había actuado por un impulso que la había llevado a cometer la mayor locura de su vida. ¿Qué debía hacer? Si volvía a casa de Oliver, seguramente él ya estaría despierto y la estaría esperando tras haber llamado a la policía. No tenía escapatoria. Cerró los ojos fuertemente y dejó al niño junto a unos arbustos, y escapó de allí sin mirar atrás…

Elisa corrió sin rumbo. ¿Qué iba a pasar ahora? Seguramente la buscarían por el secuestro de aquel niño. Acababa de destrozar su vida por un hombre que ni siquiera la había tomado en serio. ¿Debía pedir ayuda a su madre? Quizás si le contaba toda la historia, ella la entendería y apoyaría, pero ¿y si no lo hacía? La cabeza le estaba a punto de estallar cuando se escondió tras unas enormes rocas al final de la playa. Necesitaba estar sola y pensar. En aquel lugar estaba segura de que nadie la buscaría.

Los recuerdos de toda una vida la invadieron mientras se bebía sus propias lágrimas: su feliz infancia con sus padres, la traumática ruptura de ellos en su adolescencia, el abandono total de su padre, la falta de comprensión de su madre, sus fiestas desfasadas con sus amigas, el sexo desenfrenado con diferentes chicos…

Oliver había llenado todos esos vacíos afectivos con su presencia, sus abrazos, sus besos y sus caricias. Con él se había sentido querida y protegida… Se había sentido importante… Y por eso había actuado así tras saber que lo perdía. Él había sido la única persona en años que la había hecho sentir especial, cuando en realidad no había sido así. Y eso la había roto en mil pedazos.

Lloró hasta quedarse sin lágrimas, horriblemente arrepentida por aquel arrebato violento y aquella locura que había cometido. Sentía que aún podía remediarlo, así que corrió de nuevo en dirección a aquel parque en el que había abandonado al pequeño Ángel a su suerte. «Ojalá no le haya pasado nada, jamás me lo perdonaría…», pensó mientras llegaba a su destino.

Pero cuál fue su sorpresa cuando llegó y vio que el niño ya no estaba allí. Alguien se lo había llevado.

Oliver abrió los ojos, dolorido. Estaba algo confuso, ya que no era consciente de su estado. Conforme se incorporaba, fue recordando su discusión con Elisa, sus gritos… y el llanto de Ángel…

¡Claro! Eso era lo último que recordaba, que Ángel lloraba y él se disponía a calmarlo. Se levantó de un impulso, agarrándose a los barrotes de la cuna, cuando descubrió que estaba vacía, se descompuso… ¿Dónde estaba su hijo?

—¿Elisa? —preguntó, dubitativo, viendo el jarrón en el suelo y comenzando a entender el porqué de su dolor.

Oliver rebuscó en todas las habitaciones de la casa, sin éxito. No había ni rastro de Elisa ni de Ángel por ningún lado. Oliver, entre el miedo y la desesperación, llamó a la culpable de su dolor de cabeza, pero el teléfono le aparecía apagado o fuera de cobertura.

Por un momento, muchísimos pensamientos horribles se apoderaron de él, pero no quería sucumbir al pánico. Tenía que pensar con la cabeza fría. Tenía que ir a buscar a Julia antes de que Elisa cometiera una locura, pero al abrir la puerta de casa se encontró con alguien que no esperaba en absoluto.

—¿Papá? —Oliver se derrumbó y rompió a llorar desconsolado al ver a su hijo en brazos de Alfonso, sano y salvo. Se lo arrebató de las manos, comprobando que se encontrara en perfectas condiciones—. ¿Qué hacías con mi hijo?

—La chica esa con la que te acuestas se lo llevó y lo dejó abandonado en un parque. La vi salir y la seguí… Supuse que algo no estaba bien al ver su actitud. Y menos mal que lo hice.

—No me lo puedo creer. Esa cría está loca.

Oliver abrazó y besó a su pequeño con pasión, mientras Alfonso contemplaba la escena con ternura.

—Muchas gracias, papá… No sé cómo agradecerte lo que has hecho por mí. —Oliver jamás hubiera pensado dedicarle esas palabras a su padre, pero lo cierto era que le salieron del corazón, de forma sincera.

—No me las des, hijo. No podía dejar que le pasara nada a mi nieto. —Alfonso sonaba emocionado.

Oliver y su padre nunca habían tenido una buena relación, pero en aquel momento les nació fundirse en un abrazo cálido que les recordó a aquellos buenos tiempos en los que eran una familia feliz y bien avenida.

—Oliver… no me queda mucho tiempo de vida, por eso he vuelto.

Alfonso intentó no derramar ninguna lágrima mientras su hijo le decía lo mucho que lo sentía.

Sus reflejos en el espejo del recibidor hicieron aquella escena aún más real de lo que era para Oliver. Padre, hijo y nieto… Tres generaciones juntas, aunque tristemente, por poco tiempo.

21

Aún quedaba una hora aproximadamente para el atardecer, pero el cielo ya comenzaba a teñirse de tonos cálidos cuando Ginés Belmonte salió de aquella nave situada en el polígono industrial.

Aquello estaba absolutamente desierto, ya que normalmente los negocios de la zona solo abrían por las mañanas. Ginés sonrió al descubrir la reluciente peluca azul de Alhena al volante del coche que se encontraba aparcado frente a la nave. Estaba radiante con sus gafas de sol grandes y brillantes, su vestido plateado de manga larga y cuello de cisne, sus labios rojos carmín, a juego con sus felinas uñas… Ginés abrió la puerta del coche y se sentó en el asiento del copiloto, apuntando a Alhena con una pequeña pistola.

—Me alegro de verte… Gracias por arreglarte tanto para mí. Estás preciosa —dijo Ginés en tono obsceno mientras le acariciaba la pierna derecha con el arma.

Alhena permaneció en silencio, estaba muerta de miedo, aunque no pensaba mostrar debilidad.

—Veo que te ha comido la lengua el gato. Aunque mejor así, para que te quede bien claro lo que voy a decirte. —Ginés se relamía al verla, la deseaba muchísimo, aunque la odiara—. Vas a grabar un vídeo de forma voluntaria desmintiendo todo lo que dijiste la última vez. ¿Entendido? Lo vas a colgar en redes sociales y lo vas a enviar a todos los medios de comunicación. Y de esa manera, tras limpiar mi imagen, te devolveré a tu putita sana y salva. Aunque antes… —La mano de Ginés hizo el intento de introducirse entre las piernas de Alhena, que las cerró con fuerza al sentir sus sucias intenciones.

—Nunca vas a tener a Alhena, hijo de puta. —Ginés se quedó perplejo por unos instantes al percibir claramente la voz fina y suave de una mujer. Alhena era Abril disfrazada, y tras descubrirse, abrió la puerta del piloto y se arrojó al suelo con intención de huir mientras cerraba el coche con el cierre centralizado.

Los insultos y gritos de Ginés fueron algo momentáneo, Abril se encontraba agachada en el suelo cuando los cristales de la ventana cayeron sobre ella tras escucharse un estruendoso disparo.

—¡Abril! —gritó Eneas, preocupado, mientras salía de la nave con Dani a sus espaldas.

Fue entonces cuando Eneas se puso en el punto de mira de Ginés, que lo apuntaba con la pistola tras salir del coche.

Abril lo observaba todo desde el otro lado del coche… Pero no podía permitir que a Eneas le pasara nada, y mucho menos ahora que se habían reencontrado y estaban pensando en darse una oportunidad.

—Te di la oportunidad de hacer las cosas a mi manera, pero acabas de cavar tu propia tumba.

El odio que Eneas veía reflejado en los ojos de Ginés, le recordó a la mirada de su padre cuando intentó ahorcarlo, y eso le puso la piel de gallina.

—Quédate tras de mí. Ni se te ocurra moverte —dijo Eneas, con la voz temblorosa, mientras Dani lo sujetaba por los hombros, muerto de miedo.

—¡Ginés! —gritó Abril, acercándose al agresor—. ¡Si lo matas terminarás de arruinar tu reputación! ¡Aún estás a tiempo de parar esta locura!

—No digas tonterías. —Ginés cambió el tercio y apuntó a Abril—. Todo el mundo me ha dado la espalda. La poca familia que tenía, mis amistades, mis socios… Alhena destrozó mi imagen ante los medios, y eso ha destrozado mi vida. ¡Ahora todo el mundo me repudia!

—Cálmate. Si matas a alguien sí que no habrá vuelta atrás. ¿De verdad no crees que puedas redirigir tu vida? —Abril trataba de parecer sosegada, aunque el corazón le iba a mil por hora.

Ginés comenzó a temblar, apretando los dientes y cerrando los ojos con fuerza. Abril fue testigo de cómo se secaba las lágrimas con el brazo que sostenía el arma. ¿Lo había hecho recapacitar con sus palabras? Eneas y Dani contemplaban la escena con incredulidad. Abril intentó acercarse a Ginés para convencerlo de que bajara el arma con toda la calma del mundo, pero Ginés la atrapó, sujetándola por el cuello con el brazo izquierdo mientras la apuntaba en las sienes con la pistola. Abril pudo sentir cómo el cañón aún estaba caliente del disparo anterior, y el olor a pólvora…

—Suéltala… no le hagas daño. —imploró Eneas, asustado por el futuro de Abril—. Aquí me tienes, acabemos ya con esta tortura.

Eneas se acercó a Ginés, posicionándose frente a él, con los brazos abiertos y la mirada humedecida.

—Mátame si es lo que quieres… Pero, por favor, suéltala.

Abril lo miró a los ojos, y con una sonrisa asomando en la comisura de sus labios, le dijo:

—Te quiero.

Eneas sonrió… Si moría en ese instante, moriría feliz sabiendo que la mujer a la que tanto quería le correspondía.

Pero Abril no iba a consentir que eso pasara, así que se revolvió contra Ginés, apoderándose de la pistola, en parte. Pero Ginés no pensaba ponérselo fácil...

Dani lo vio todo desde la distancia. Cómo Abril, vestida de Alhena, forcejeaba con su secuestrador, cómo Eneas se abalanzó sobre ellos para intentar ayudar a la chica que quería, y cómo el arma se disparó de forma accidental durante el forcejeo haciendo que, por unos segundos, el mundo se paralizara...

Gritos de dolor, llantos desoladores, sangre derramada sobre el asfalto...

Dani, paralizado, observó como Ginés huía de allí a paso ligero, dejando atrás a Eneas, arrodillado en el suelo, con Abril herida entre sus brazos.

—¡Dani, llama a una ambulancia! ¡Abril se muere! —gritó Eneas, entre sollozos. La bala había alcanzado a Abril justamente entre el pecho y la clavícula.

Eneas solo podía pensar en que quizás era la última vez que la sostenía entre sus brazos.

22

Oliver estaba inmensamente agradecido con su padre por rescatar a Ángel, y le apenaba muchísimo saber que le quedaba poco tiempo de vida, pero aun así no terminaba de fiarse de dejar a su hijo bajo su cuidado, así que lo montó en el carro y se lo llevó en dirección a casa de Julia. Tenía que hablar con ella acerca de su relación con Elisa y la locura que esta había cometido.

Sus pasos eran ligeros, su respiración agitada y su mirada perdida. ¿Por qué le estaba pasando todo aquello? Él siempre había intentado ser una persona estable, tranquila, comprensiva, que huía de los problemas, pero últimamente le resultaba imposible escapar de ellos. Su relación de toda la vida se había roto irremediablemente, la chica con la que se acostaba se había vuelto completamente loca, y para colmo su padre pretendía pasar sus últimos días a su lado. Si pudiera desaparecer de allí con su hijo, lo haría con los ojos cerrados y sin mirar atrás.

Al llegar frente a la casa de Julia, estuvo a punto de arrepentirse, pero esa pobre mujer tenía derecho a saber todo lo que estaba pasando a su alrededor y que ella ignoraba completamente. Pegó a la puerta con ímpetu.

—Oliver… ¿qué haces aquí? ¿Ha pasado algo? —Julia sonaba desconcertada.

—Tenemos que hablar muy seriamente, Julia… ¿puedo pasar?

Julia invitó a Oliver a pasar tras saludar al pequeño Ángel, que esbozó una enorme sonrisa al verla. Se sentaron frente a frente en el salón. Oliver comenzó a contarle a Julia toda la historia, desde el principio, con todo lujo de detalles... Julia se levantó varias veces, sobresaltada y agitada, llevándose las manos a la cabeza...

—No puede ser —decía, absolutamente sorprendida—. ¿Cómo has podido? ¡Con mi hija! Jamás hubiera imaginado esto de ti, Oliver... Menuda decepción.

Aun siendo testigo del sufrimiento que le estaba causando a Julia, y soportando su mirada húmeda y llena de desprecio, Oliver tuvo que contarle también lo que su hija había hecho.

—Eso es mentira. Te lo estás inventando para limpiar tu imagen frente a mí —dijo Julia, tajante.

—No tengo necesidad de eso, Julia. —Oliver cogió aire antes de continuar—. Al igual que yo acepto mi culpa por haber utilizado y dañado a tu hija, ella tiene que asumir la suya por haber puesto en peligro la vida de mi hijo.

—¡Fuera de mi casa! —gritó Julia totalmente aturdida—. ¡No quiero volver a verte nunca!

—Entiendo tu enfado conmigo, pero te estoy diciendo la verdad... Pregúntale a tu hija y verás como no miento. —Oliver sonaba sereno, después de todo.

—No sé cómo voy a mirar a Abril a la cara después de esto, pero no dudes de que hablaré con ella.

Julia estaba rota de dolor... Solo de pensar que su hija había interferido en el matrimonio de su mejor amiga y que había intentado atentar contra la vida de su hijo, se moría de la culpabilidad.

De repente, el teléfono de Oliver sonó: era Abril. Contestó rápidamente, pero no era la voz de Abril la que sonaba al otro lado. Se trataba de Eneas.

—Oliver, Abril acaba de recibir un disparo y la están operando. La cosa no pinta bien. —Eneas sonaba desolado, y Oliver se quedó totalmente paralizado durante unos instantes.

—¿Qué demonios ha pasado? —preguntó Oliver entre lágrimas.

—Ven al hospital. Es largo de contar, pero Abril necesita el apoyo de su gente.

Tras el ruego de Eneas, Oliver y Julia salieron juntos hacia el hospital. La preocupación por la vida de Abril hizo que aparcaran sus diferencias por el momento. El terror de pensar que quizás no volverían a verla con vida se apoderó de ellos, así que, en un acto de desesperación, Oliver no tuvo más opción que dejar al niño a cargo de Alfonso y dirigirse al hospital lo antes posible.

Cuando llegaron, encontraron a Eneas bañado en sangre, a lágrima viva, y a Dani a su lado intentando calmarlo. Oliver, en un ataque de ira, agarró a Eneas por el cuello de la camiseta y lo estampó contra la pared.

—Si mi hijo pierde a su madre por tu culpa, no te lo voy a perdonar nunca —dijo, lleno de rabia.

Eneas no podía dejar de llorar mientras Dani los separaba, pidiéndole calma a Oliver y haciéndole ver que todo se había tratado de un terrible accidente.

—Desde que apareciste en nuestras vidas solo nos has causado problemas. Si Abril se muere, quedará sobre tu conciencia.

Tras esas duras palabras, Oliver se apartó de Eneas y también rompió a llorar. Julia fue a pedir información acerca de su amiga, pero seguía en el quirófano y no le podían facilitar ninguna novedad. Dani llamó a Lucas para ponerlo al tanto de la situación, y no tardó en aparecer allí, en compañía de Manuel, para apoyar a su amigo.

Perdieron la noción del tiempo esperando novedades, ya que, al parecer, la operación fue bastante complicada debido a la posición de la bala. Finalmente, lograron sacarla, desinfectar la zona y coser sin que ningún órgano saliera gravemente afectado. También fueron necesarias varias transfusiones de sangre para estabilizarla.

—La paciente ha sobrevivido, aunque necesita reposo absoluto las próximas horas, de eso depende su mejoría —dijo el cirujano al salir del quirófano.

Todos respiraron profundamente y se alegraron muchísimo de que Abril siguiera con vida. Lucas abrazó fuertemente a Eneas, junto a Dani y Manuel, mientras Oliver y Julia se miraron y asintieron con la cabeza de forma distante.

—El hospital ya ha avisado a la policía del caso, y tenemos que testificar —dijo Dani a modo informativo. Eneas asintió, aunque antes necesitaba pasar por casa y darse una buena ducha.

Julia le dijo a Oliver que fuera a ver al pequeño Ángel, que ella se quedaba allí a pasar la noche y que lo avisaría con cualquier novedad, y él se lo agradeció muchísimo.

La mejor amiga de Abril necesitaba asimilar todo lo que Oliver le había contado, y aunque conocía a su hija perfectamente, había cosas que le costaba muchísimo creer. Y que si fueran ciertas significaría que su hija tenía un grave problema... Decidió llamarla y contarle la situación de Abril, quería ver su reacción, pero no contestó, y le dejó un mensaje en el que le decía que le devolviera la llamada, que era importante. Y así, divagando en sus pensamientos y con la mente agotada, dejó que el sueño la venciera.

Oliver llegó a casa totalmente derrotado, pero lo animó ver a su padre y a su hijo dormidos en el sofá y en la cuna, respectivamente. Se acercó a su pequeño y le dio un dulce beso en la frente, embriagándose con su inconfundible olor… ¿Qué sería de Ángel si Abril fallecía? Intentaba no pensarlo, pero era algo inevitable… Perder a Abril sería lo peor que les podría pasar en la vida.

Oliver se metió en la ducha con intención de relajarse, pero le era imposible. Había perdido la cuenta de todos los problemas que tenía, ya que nunca había sido tan consciente hasta ese mismo instante, en el que la vida de Abril pendía de un hilo, de que todo su mundo se había desmoronado. Y no veía la manera de volver a poner un primer ladrillo para comenzar a levantarlo de nuevo. Perdió la noción del tiempo, llorando sentando en la ducha mientras el agua tibia se deslizaba por su cuerpo…

Eneas, por su parte, tras testificar en la policía junto a Dani y denunciar a Ginés Belmonte, llegó a casa igualmente triste y agotado. ¿Cómo había podido poner en peligro a Abril de esa manera? No se debería haber dejado convencer, aunque ya era tarde para arrepentimientos. Solo le quedaba esperar a que su gran amor se recuperara.

Dani lo acompañaba en silencio. Todo lo sucedido en las últimas horas había sido demasiado traumático para él, pero, aun así, sentía muchísima pena por la situación que Eneas estaba atravesando.

—Siento mucho todo lo que te está pasando… No te lo mereces —le dijo, acariciándole el rostro con dulzura.

—Soy un problema para todo el que se me acerca, Dani… Deberías alejarte de mí para siempre… Mira lo que te ha pasado por estar a mi lado, casi te mata ese desgraciado.

Eneas estaba muy enfadado consigo mismo, ya que se sentía realmente culpable de todo lo que estaba pasando.

—Eneas, que ese tipo esté mal de la cabeza no es tu culpa… Tú has actuado lo mejor que has podido. Hay cosas que no están de tu mano. Y yo me siento muy feliz de haberte conocido y haber compartido mi tiempo contigo, de verdad te lo digo.

La comprensión de Dani conmovió a Eneas, que, con lágrimas en los ojos, lo abrazó con fuerza.

—Gracias por ser tan bueno conmigo, pese a todo. Eres una gran persona —dijo Eneas entre llantos.

Dani lo consoló lo mejor que pudo, hasta que el cansancio hizo que se desvaneciera sobre él. Prefirió no molestarlo y dejarlo descansar, así que se acomodó en el sillón y decidió dejarse abrazar por el hombre que quería, aunque fuera por última vez.

23

Los días pasaban, y la recuperación de Abril estaba siendo lenta y dolorosa. Ella estaba algo aturdida, y le tuvieron que explicar el porqué de su situación, ya que apenas recordaba los acontecimientos previos al disparo.

Oliver iba a verla todos los días, relevándose con Julia para así poder cuidarla y hacerle compañía siempre. Abril, pese a su debilidad, agradecía mucho que estuvieran a su lado, aunque extrañaba mucho a su hijo. En esos momentos desearía pasar todo el tiempo del mundo con él.

Julia había evitado volver a tocar el tema de su hija con Oliver, ya que había sido incapaz de hablar con ella. «Voy a estar unos días en casa de una amiga que me necesita», le escribió Elisa tras mucho insistir. Lo cual hizo que la versión de Oliver cobrara más sentido para Julia. ¿Acaso su hija se estaba escondiendo? Estaba deseando encontrar la ocasión para poder hablar con ella seriamente. Si Oliver decía la verdad, Julia pensaba tomar medidas drásticas contra su hija, por mucho que le doliera.

Eneas también acudía al hospital a diario a preguntar por el estado de Abril, pero nunca pasaba a verla. Se sentía demasiado culpable, y no podía mirarla a la cara. Julia lo informaba de buena gana mientras que Oliver ni siquiera le sostenía la mirada, seguía culpándolo de la situación de Abril.

—Deja que pase el tiempo —le decía Lucas cuando hablaban—. En estas ocasiones tendemos a buscar culpables, y te ha tocado a ti. Pero ya verás que se le pasará.

—Lo peor es que yo también me siento culpable, y lo entiendo. —Eneas no levantaba cabeza.

—Dani ya te lo dijo antes de irse, el único culpable es el Ginés ese. A ver si la policía lo encuentra rápido y termina ya esta pesadilla.

Eneas suspiró, no quería ni pensar en que Ginés Belmonte podría volver a actuar en contra de él o de alguno de sus seres queridos, así que prefirió cambiar el tema.

—Lucas… ¿Crees que puedas buscar un juez sustituto para la final del concurso? No me encuentro con ánimo de nada.

—No te preocupes, contaba con ello y he avisado a otra persona.

Lucas siempre tan comprensivo. Eneas lo quería tanto o incluso más que a sus propios hermanos, ya que todos los años que había estado alejado de su familia, él siempre había estado ahí para quererlo, ayudarlo y apoyarlo en todo. Se merecía toda la felicidad del mundo, y por eso quería hacerle un regalo muy especial…

—Toma, es para ti… —Eneas le entregó una caja pequeña de terciopelo azul.

Lucas, sorprendido, lo abrió con una enorme sonrisa dibujada en la cara. Se trataban de unos preciosos gemelos de oro blanco para que los usara en el día de su boda. El futuro novio se quedó sin palabras ante aquel regalo tan especial, y tras un «gracias» susurrado y lleno de emoción, se fundieron en un abrazo cálido y aparentemente interminable.

—Tengo mucha suerte de tenerte en mi vida, Lucas —dijo Eneas antes de besarlo fuertemente en la mejilla.

Manuel contemplaba la escena desde la otra punta del bar, con ternura y admiración. Le fascinaba la bonita relación de hermandad que tenían Eneas y su prometido.

Lucas y Manuel habían decidido casarse en unos meses, no pretendían gastar demasiado en una boda ostentosa, pero querían una ceremonia y una fiesta coqueta y bien organizada, para que tanto ellos como sus invitados se sintieran parte de un cuento de hadas. Sería una boda pequeña, con los amigos y familiares más íntimos, pero no querían que faltara ni un detalle en su gran día. Lucas, en especial, andaba como loco eligiendo las flores y los detalles, todo a juego en tonos blancos y *beige*, mientras Manuel se encargaba de contratar a los encargados de la música, fotografía y vídeo, entre otras gestiones. El lugar elegido para el gran día se trataba de una pequeña finca a las afueras del pueblo, en la que pretendían disfrutar de una emotiva ceremonia al aire libre, un cóctel de bienvenida, y luego pasarían a comer y a celebrar a un luminoso salón que decorarían con mimo y esmero con colores claros y flores silvestres. Lo tenían todo perfectamente pensado a gusto de ambos para disfrutar junto a los suyos en el día más feliz de sus vidas.

Eneas se marchó, dejando a la feliz pareja inmersa en sus preparativos, necesitaba pensar. Se dirigió a la playa y anduvo durante un buen rato por la orilla mientras la espuma de las olas se desvanecía entre la arena y sus pies. ¿Qué iba a ser de su vida a partir de ahora? Abril y él se habían reencontrado y habían asumido sus sentimientos reales, entregándose el uno al otro como nunca. Pero lo cierto era que no había tardado nada en poner su vida en riesgo, y eso era algo que no podía volver a ocurrir. Abril era la persona que amaba, y pese a desear estar con ella más que nada en el mundo, priorizaba su seguridad. Y mientras Ginés Belmonte no fuera capturado por las autoridades, todo el que lo rodeara estaría en peligro. ¡Pero si ni siquiera se atrevía a visitarla en el hospital! ¿Estaría ella esperando su visita? ¿O también lo culparía por su estado actual? Tantas cuestiones invadían su mente que le era imposible sacar algo en claro…

¿Y qué pasaría si finalmente pudieran estar juntos? Al fin y al cabo, él tenía su vida construida en Madrid y ella tenía en el pueblo su negocio y a su hijo. Eneas no tenía claro si estaría dispuesto a dejar todo lo que había conseguido a nivel profesional y laboral para volver al pueblo definitivamente, y jamás le pediría a ella que cambiara su vida por él. ¡Con todo el empeño que le había puesto a levantar Reflejos! Y lo más importante… su hijo la necesitaba cerca, y eso era lo primordial, ante todo, y Eneas lo sabía y comprendía perfectamente. No podía ni quería ser egoísta con Abril, cualquier decisión que ella tomara, la aceptaría de buen grado.

Quizás eran dos personas que no habían nacido para estar juntas, por mucho que se quisieran. Su historia nunca había sido fácil, pero estaba claro que la única manera de hacer sus vidas sin que el uno interfiriera en la vida del otro era con tierra de por medio. En cuanto respiraban el mismo aire, sus cuerpos pedían cercanía y sus corazones se sincronizaban. ¿Por qué la vida se empeñaba en castigarles de esa manera? ¿Por qué su relación no podía ser más sencilla? Tan solo eran dos personas que se querían y pretendían disfrutar el uno del otro, pero toda la situación que los rodeaba lo complicaba todo demasiado. Y eso era algo que ninguno de los dos podía cambiar.

Con ese mismo mar de dudas, se dirigió a casa de su madre: necesitaba su abrazo y su consuelo. También jugar un rato con su sobrino Alejandro le vendría bien; la luz y la alegría de ese niño le hacían evadirse de todos sus problemas, al menos durante un rato.

Matilde lo recibió con los brazos abiertos, como cada vez que tenía la oportunidad de disfrutar de la compañía de su hijo: estaba muy orgullosa de él.

—Siempre has sido muy especial, y el mundo no está preparado para personas como tú —le dijo Matilde, con amor, tras escuchar las preocupaciones de su hijo—. Pero tienes que ser fuerte, como siempre lo has sido. Siempre va a haber gente que quiera apagar tu luz, pero ahí es cuando más tienes que brillar. Vales oro, hijo mío. Y si has causado daños colaterales, no ha sido intencionado, y esa chica lo sabe... Así que yo te animo a que la visites y hables con ella, seguro que te lo agradece.

Las palabras de Matilde hicieron llorar a Eneas, que no había sido consciente hasta ese momento de lo mucho que necesitaba a su madre, su calor y sus consejos. No había nadie como ella para encontrar sosiego, comprensión y hacerle ver la vida desde una perspectiva más positiva. Estaba tremendamente agradecido a la vida por tener la madre que tenía, valiente y luchadora, de sentimientos puros y fuertes... Tenía tanto que agradecerle... De no ser por ella jamás hubiera sabido la verdad sobre su padre ni hubiera recuperado su relación familiar y su paz mental. Era una gran mujer, y sus consejos valían oro.

—Gracias, mamá. Tus palabras me reconfortan muchísimo. Te quiero.

Se abrazaron, permaneciendo así unos minutos, en silencio, sintiendo ese vínculo madre e hijo que solo ellos conocían. En absoluta paz. Hasta que apareció el terremoto de la casa para jugar con su tío, lo cual relajó muchísimo el ambiente, haciendo que las lágrimas se convirtieran en sonrisas.

24

—Al fin te veo…

Elisa se quedó paralizada al entrar en casa y encontrar a su madre allí. Tragó saliva antes de poder decir nada, aunque se podía imaginar lo que estaba a punto de pasar.

—Mamá… ¿no me dijiste que estarías en el hospital con Abril?

Julia, que se había acomodado en el sillón mientras pensaba en cómo abordar un tema tan delicado con su hija, se levantó de un salto, se colocó frente a ella y, sin pensarlo dos veces, le preguntó:

—¿Qué de cierto hay en que te has estado acostando con Oliver y que cuando te ha rechazado has intentado deshacerte de su hijo abandonándolo en un parque?

La pregunta de Julia pudo ser formulada en un tono más alto, pero no de una forma más clara. Elisa agachó la mirada, se avergonzaba tanto de que su madre se hubiera enterado, que ni siquiera era capaz de sostener el contacto visual con ella.

—Oliver me utilizó… A mí siempre me ha gustado, y se aprovechó de ello… —Las palabras de Elisa salieron de entre sus dientes, con poca claridad, pero Julia la entendió perfectamente.

—Puedo llegar a entender que sintieras atracción por el marido de mi amiga, incluso que surgiera algo entre vosotros, aunque no lo apruebe… ¿Pero lo del niño? ¿Cómo fuiste capaz, hija?

El tono acusador de Julia puso muy nerviosa a Elisa, que comenzó a dar vueltas por el salón mientras se sujetaba la nunca, mirando al techo y con la respiración agitada.

—Me cayó como un jarro de agua fría que tras los días tan bonitos que habíamos pasado juntos me desechara como un trapo viejo… Y me llené de ira. Y sí, lo golpeé en la cabeza, lo dejé inconsciente y me llevé al niño —confesó al fin—. Aunque no quería hacerle daño, solo pretendía chantajearlo para que volviera conmigo, pero no tardé en darme cuenta de mi error, y el miedo me nubló la mente. Lo dejé en un parque y me fui sin mirar atrás. Lo cual me convierte en un monstruo. Lo siento…

Tras esa dura confesión de culpabilidad, Elisa rompió a llorar, y su madre, aunque no podía creer que su hija hubiera sido capaz de cometer semejante atrocidad, la abrazó.

—Tranquila, Elisa. Oliver no te va a denunciar y Abril no sabe nada, pero tenemos que buscar ayuda, cariño. Algo en tu mente no anda bien. —Pronunciar esas palabras le dolió más a Julia que a la propia Elisa.

—Mamá… ¿crees que estoy loca?

—No, hija. Creo que has tenido una vida desestabilizada, en parte por mi culpa. Y por eso creo que te vendría bien que alguien con experiencia te aconsejara y te guiara de la forma en la que yo no he sabido hacerlo. —Suspiró—. Siento no haber estado a la altura como madre.

Elisa abrazó a su madre con fuerza. La quería muchísimo, aunque muchas veces se había sentido en un segundo plano, que no era su prioridad, pero siempre había intentado entender su situación y no guardarle rencor. No había sido fácil que su marido la dejara por otra mujer e intentar salir adelante sola con una adolescente de carácter complicado a su cargo, pero lo había hecho.

—Tienes que disculparte con Oliver, cariño —le dijo finalmente Julia.

Elisa asintió. Aunque le doliera volver a tenerlo en frente, tenía que cerrar ese capítulo de forma sincera, con el corazón en la mano y asumiendo su responsabilidad.

Se dirigieron al hospital y Julia le dijo a Oliver que Elisa lo esperaba en la entrada para hablar con él mientras Abril dormía plácidamente. Aunque de primeras no le hizo especial ilusión, Oliver tenía que zanjar ese asunto lo antes posible, así que decidió coger al toro por los cuernos y enfrentarse a Elisa.

—¿Qué quieres? —le preguntó al verla sentada en un muro, junto a la puerta del hospital.

—Oliver… Sé que no merezco tu perdón, pero quería disculparme. —A Elisa le costaba hablar—. Te agredí y puse en riesgo la vida de tu hijo. No tengo excusa, y vengo a decirte que estoy dispuesta a asumir las consecuencias.

Oliver la examinó de arriba a abajo por unos instantes, y lejos de ver a la mujer apasionada con la que tanto había disfrutado, veía a una niña asustada y arrepentida esperando a ser juzgada.

—Elisa, necesitas ayuda. Y por el aprecio que le tengo a tu madre no voy a tomar medidas legales, pero, por favor, no vuelvas a acercarte a nosotros.

—Siempre me has gustado —dijo ella, mirándolo a los ojos—. Y cuando probé tus labios por primera vez, sentí que mi mundo se paralizaba y que mi existencia cobraba sentido… Y me entregué a ti sin reparos, porque realmente pensé que podríamos hacernos felices el uno al otro… Pero se me fue de las manos y me obsesioné pensando en que dejarías a tu mujer para estar conmigo, e incluso quise chantajearte con el niño… Nunca fue mi intención haceros daño, aunque lo hice. Y reconozco que he perdido el control de mi vida…

Oliver asintió, se alegraba sinceramente de ver en Elisa un atisbo de cordura y redención. Él la conocía desde niña y sabía que no albergaba malos sentimientos, pero por unas horas había perdido el juicio, y eso tenía que tratarlo cuanto antes para que no volviera a suceder.

—¿Puedo pedirte un abrazo? —preguntó Elisa, con los ojos humedecidos y la voz temblorosa.

Oliver dudó, pero finalmente le dio ese abrazo que tanto necesitaba y le dijo que no se preocupara, que la perdonaba, que nadie era perfecto y que todo el mundo cometía errores, algunos más graves que otros, eso sí, pero que todos tenían derecho a una segunda oportunidad. Y tras ese abrazo, ambos respiraron con tranquilidad y sosiego.

Julia los observaba desde la ventana con una sonrisa y lágrimas en los ojos. Era muy duro aceptar que tu propia hija había sido capaz de hacer cosas tan horribles, pero tenía fe en que con tiempo y ayuda podría dejar atrás todos esos fantasmas que llevaba en su interior, volviendo a ser la niña buena, dulce y transparente que siempre había sido, hasta la separación de sus padres.

—¿Julia? —La voz de Abril la disipó de sus pensamientos—. ¿Estás llorando?

—Abril, pensé que dormías. Es que me asomé y vi una escena muy emotiva abajo, ya sabes lo cotilla que soy. —Ese comentario de Julia hizo reír a Abril.

—Gracias por cuidarme tanto, amiga. De verdad, te quiero muchísimo.

Julia se acercó a su amiga y la tomó de la mano en agrade-cimiento por sus palabras… Si ella supiera todo lo que su hija había hecho, quizás no la volvería a mirar a la cara jamás.

—Y no te preocupes, no me molesta que Oliver y Elisa tuvieran algo —dijo Abril, de repente—. Nos vamos a divorciar, lo nuestro ya no tiene sentido.

—Amiga… Yo… Lo siento tanto… —Julia no sabía dónde meterse.

—No tienes nada que sentir. Oliver y yo llevamos tiempo mal, y bueno… Eneas ha vuelto y me he dado cuenta de muchas cosas…

Aquella confesión dejó a Julia totalmente fuera de juego.

—Si, amiga… Me he dado cuenta de que lo quiero, y de que no quería aceptarlo. Eneas es el hombre con el que quiero estar, y Oliver, como siempre, ha pagado las consecuencias de mis errores. Y por eso no lo culpo de su infidelidad.

—Pero, Abril, tenéis una familia, un negocio. ¿Cómo lo vais a hacer ahora? Te digo por experiencia que no es nada fácil ser madre separada.

—No lo sé, Julia, sinceramente. Solo sé que nuestro tiempo pasó. Necesito ser sincera con él y, sobre todo, conmigo misma. —Abril suspiró antes de continuar—. He estado viviendo la vida que se suponía que quería, cuando en realidad me he estado de-jando llevar por la comodidad, sin arriesgarme. Y ahora es tarde, porque Ángel es quién va a pagar las consecuencias de mis actos, pero no puedo seguir encerrada en una vida que no es la que quiero. Quiero intentarlo con Eneas, aunque salga mal, pero no puedo quedarme con estas ganas.

Oliver, tras la puerta, se bebía las lágrimas, pero era algo que ya sabía y que estaba dispuesto a aceptar. Ambos se merecían ser felices por separado, ya que, como bien había dicho Abril, su historia ya había terminado.

25

Aquella noche, Abril pidió estar sola. Necesitaba reflexionar acerca del giro tan drástico que iba a dar su vida. Oliver y Julia, al ver que ya estaba prácticamente recuperada y que se encontraba bien, decidieron cumplir sus deseos y darle su espacio. Aunque la soledad no le duró mucho.

—Buenas noches, ¿puedo pasar? —Ver a Eneas asomado en la puerta la hizo feliz.

—Claro, pasa. Te echaba de menos…

Eneas entró con cautela, cerró la puerta de la habitación y se aproximó a Abril, besándola en la frente de forma tierna.

—¿Cómo te encuentras? He venido todos los días a saber de ti, pero no sabía si querrías verme…

Abril le sujetó la mano con fuerza, tenía ganas de sentirlo cerca.

—¿Cómo no voy a querer verte? Si desde que nos reencontramos no pienso en otra cosa —confesó Abril, ruborizada.

Eneas le acarició la cara con dulzura y le besó en los labios. Fue un beso tierno y cálido, que claramente expresaba lo mucho que se habían extrañado.

—Pensé que me culparías por tu situación —dijo Eneas, evitando la mirada de la mujer a la que amaba—. Al final estás aquí por acompañarme a rescatar a Dani, sin tener por qué.

—Lo volvería a hacer con los ojos cerrados. —Abril no titubeó.

—Abril… ¿qué estamos haciendo? Casi desmoronamos nuestras vidas una vez. ¿Crees que estamos haciendo lo correcto?

Esa vez fue Abril quien se incorporó para besarlo. Fue un beso más intenso, ya que sus lenguas se entrelazaron durante unos instantes.

—No sé si es lo correcto, Eneas, pero es lo que quiero. —Abril guio la mano de Eneas hacia su entrepierna, bajo las sábanas.

—Abril… no es lugar para esto… —dijo Eneas, ruborizado.

—Te necesito…

Y, finalmente, introdujo sus dedos en lo más profundo de su ser. Eneas disfrutaba al verla retorcerse de placer, así que los movía con el ritmo adecuado para que el disfrute fuera mayor.

—Te quiero —le dijo Eneas de repente.

Abril se levantó de la camilla, guiando a Eneas hacia el baño. Se desnudaron, sigilosos, y Eneas besó cada centímetro de su cuerpo, deseoso. Ambos se dejaron llevar por esa pasión desmedida que se apoderaba de ellos cuando estaban juntos, aunque esta vez con un cuidado especial, debido a la reciente herida de Abril. Disfrutaron del contacto de sus cuerpos desnudos y cálidos, de besos y de caricias infinitas…

Cuando Abril colocó la enorme erección de Eneas entre sus piernas, este sintió la calidez y la humedad que su amante emanaba. La penetró despacio, sin brusquedad. Aunque esta vez no tenían preservativo, con sus miradas consintieron en hacerlo. Los gemidos de Abril se ahogaban en la palma de la mano de Eneas, que le tapaba la boca para que nadie pudiera oírlos. Gozaron así de una entrega silenciosa, pero íntima y morbosa, que no duró demasiado debido a la excitación desmedida de ambos.

—No quiero volver a separarme de ti —dijo Abril mientras abrazaba a Eneas.

—Abril, antes de decidir qué hacemos con nuestras vidas tienes que saber que Ginés Belmonte sigue fugitivo, y a mí me da pánico pensar que pueda volver a atacarte a ti o a otro de mis seres queridos para hacerme daño.

—Eneas, no podemos vivir con miedo eternamente, la policía lo atrapará más tarde o más temprano.

—Y de todos modos… yo tengo que volver a Madrid a trabajar y tú tienes aquí a tu hijo, tu trabajo, toda tu vida. ¿Crees de verdad que tenemos algún futuro juntos?

Abril se estremeció al pensar que podría volver a perder a Eneas, y se negaba a aceptarlo.

—Acabamos de hacer el amor y de decirnos lo mucho que nos queremos ¿A qué viene ahora pensar en eso?

—A que tenemos que ser honestos con nosotros mismos y con nuestras situaciones actuales, Abril… ¿O acaso el amor todo lo puede? ¿Crees qué solo con querernos es suficiente? Porque yo veo que desde que nuestro amor existe lo único que hemos hecho todos es sufrir…

Las palabras de Eneas estaban llenas de dolor, pero también de miedo.

—Eneas, yo tengo claro que no voy a abandonar a mi hijo por irme tras de ti, ni voy a dejar de lado mi trabajo después de todo lo que me ha costado conseguir dedicarme a lo que me hace feliz. ¿Pero por qué negarnos la oportunidad de vernos cuando podamos mientras mantenemos el contacto? No seríamos la primera pareja con esos inicios. —La palabra «pareja» le sonó demasiado brusca tras pronunciarla.

—Pero, Abril… —Eneas cogió aire antes de decir lo que pensaba, aunque a Abril pudiera molestarle—. ¿No crees que deberías darte un tiempo para tu divorcio con Oliver y para arreglar tu situación antes de complicarte la vida con una persona como yo, que, además, te acarrearía más problemas?

—Creo que te estás cerrando en banda porque tienes miedo, y lo entiendo, pero creo que no deberíamos desaprovechar esta segunda oportunidad la vida nos brinda.

Quizás tenía razón, y el miedo a volver a fracasar y a que todo saliera mal ejercía más fuerza sobre él que la ilusión de vivir el amor libre y verdadero con el que tanto había soñado.

—Creo que cuando te den el alta y estés totalmente recuperada podremos volver a abordar este tema —dijo Eneas con decisión—. Mientras tanto, mejor que no vuelva por aquí, o nos seguiremos haciendo daño.

Y tras esas palabras, le dio a Abril un beso fugaz en la mejilla y salió de aquella habitación de hospital sin mirar atrás.

26

Pasaron unos días más hasta que Abril fue dada de alta. Lo único que quería era llegar a casa y estar con su hijo, tranquila, sin que nada ni nadie la perturbara, y así intentó Oliver que fuera. Alquiló una habitación en un hostal cercano, para que su padre pudiera vivir sus últimos días de la forma más digna posible.

Abril abrazó a su pequeño y lo colmó de besos mientras él le regalaba a su madre unas sonoras carcajadas que le devolvieron el ánimo e hicieron que todo su mundo volviera a cobrar sentido. Ángel era la persona más importante de su vida, por la que tenía que luchar y hacer las cosas lo mejor posible. Su hijo se merecía todo el amor de sus padres, una crianza tranquila y la mejor educación posible, y ella era consciente de que Oliver opinaba igual.

El todavía matrimonio habló de divorciarse de mutuo acuerdo, intentando así facilitar que el niño pudiera estar con los dos en la misma medida sin necesidad de entrar en pleitos legales por la custodia compartida. Llegaron a la conclusión de que lo más favorable sería un convenio regulador en el que ambos tuvieran los mismos derechos y las mismas obligaciones.

Aunque intentaban abordarlo con naturalidad, para Abril y Oliver era bastante incómodo tratar todos esos temas después de una relación de tantísimos años, siendo conscientes de que se trataba del final inminente y de que ya no volverían a convivir. No podían evitar que les resultara extraño pensarlo.

Oliver volvía a trabajar en unos días, y eso lo haría despejarse un poco del trance por el que estaba pasando, aunque había pensado seriamente en volver a terapia, ya que la última vez le fue de maravilla para desahogarse y focalizar la vida desde otra perspectiva. Lo cierto era que ser consciente de que su padre moriría en cualquier momento lo tenía bastante nervioso, ya que nunca se había planteado ni siquiera que pudiera importarle, aunque debido a los últimos acontecimientos lo veía con otros ojos.

También le estaba costando acostumbrarse a no tener ningún tipo de gesto cariñoso con Abril, ya que por el momento seguían compartiendo el mismo techo y se le hacía duro cruzarse con ella y no poder tocarla o besarla. Él la seguía queriendo, y seguramente eso jamás cambiaría, pero tenía que asumir su nueva realidad y verla únicamente como la madre de su hijo.

Abril, aunque se sentía mal por la incomodidad de la situación, lo que realmente le quitaba el sueño era dejar escapar a Eneas de nuevo. Ya había cometido ese error una vez, y eso la había llevado a casarse y a formar una familia con un hombre al que quería muchísimo, pero al que había dejado de amar, aunque le siguiera doliendo reconocerlo... ¿Pero que podía hacer si Eneas estaba lleno de miedos e inseguridades y no pensaba arriesgarse por su relación? En ocasiones, la invadía la idea de permanecer sola sentimentalmente durante un tiempo, disfrutando única y exclusivamente de su maternidad y su trabajo, pero no podía engañarse a sí misma, ya que su cuerpo le pedía a gritos la cercanía de la persona a la que quería... Sobre todo por las noches, cuando su entrepierna se humedecía al pensar en sus últimos encuentros... ¿Cómo podía desearlo con tanta ansia? Era algo que jamás le había pasado con nadie, ni siquiera con Oliver, aunque el sexo con él fuera de máxima calidad. Pero la conexión que tenía con Eneas era otra cosa, era algo totalmente distinto a lo que había sentido jamás. Lo deseaba en su cama, pero sobre todo en su vida. Estaba total y perdidamente enamorada de él.

Mientras divagaba en sus pensamientos, una noticia en televisión llamó su atención… «¡El multimillonario venido a menos, Ginés Belmonte, acababa de ser detenido mientras intentaba salir del país, por difamación, secuestro, intento de homicidio y huir de la justicia!».

Abril le subió rápidamente el volumen a la televisión para escuchar la noticia completa y no perderse absolutamente nada del desgraciado que casi acaba con su vida. Aunque ya lo había denunciado y declarado en su contra, ahora que estaba detenido tendría que enfrentarse a él cara a cara en un juicio, y, siendo franca, era algo que no le apetecía en absoluto.

Seguidamente, su teléfono comenzó a sonar. Se trataba de Eneas.

—Acabo de ver las noticias —dijo ella, intentando mostrar frialdad.

—Ya podemos estar tranquilos. Ese malnacido pagará por todo lo que nos ha hecho. —Eneas, en cambio, sonaba relajado.

—¿Cuándo vuelves a Madrid? —Abril fue al grano, era lo único que realmente le interesaba saber.

—Pues, si todo va bien, mañana…

Abril sintió cómo los latidos de su corazón se aceleraron de forma desmesurada.

—¿Te gustaría que nos despidiéramos? —preguntó Eneas tras un silencio largo y tenso.

—La verdad que ahora mismo no sé lo que me gustaría…

Tras colgar, Abril comenzó a llorar desconsolada. ¿Qué podía hacer? Eneas se iba y ella no podía liarse la manta a la cabeza e irse con él. Oliver estaba lidiando con la cercana muerte de su padre y Ángel la necesitaba cerca y más fuerte que nunca. No veía ninguna opción que le permitiera ser feliz junto a Eneas sin tener que renunciar a toda su vida.

Eneas, por su parte, se despidió de su querido amigo Lucas, haciéndole la promesa de volver para el gran día de su boda.

—Deberías venir más a menudo —le dijo Lucas con tono de reproche.

—Lucas, bastante complicada tengo ya mi vida. No me la compliques más, por favor.

—Eneas, ¿de qué hablas? Eres una persona libre, no tienes ataduras. Tu trabajo lo puedes ejercer en cualquier lugar del mundo. ¡Pero aquí tienes a tu familia, a tus amigos… y a ella!

Le costó hacer mención a Abril, ya que Lucas sabía lo mucho que Eneas sufría por ella, pero también era consciente de que estar a su lado lo hacía feliz, y él quería ver a su amigo feliz.

—No me digas eso… —balbuceó Eneas—. En Madrid tengo una carrera profesional que en este pueblo no tendría. Y Alhena se merece su lugar en el mundo.

—¿De qué sirve darle un lugar a Alhena mientras Eneas vive con el corazón roto? ¡Eneas, espabila! Está genial que vivas del *drag* y que Alhena mueva masas, pero no te olvides de que eres Eneas, y que tu felicidad depende de ti. Es más, ahora mismo la tienes al alcance de tu mano.

—¿Me estás diciendo que lo deje todo por amor y me venga al pueblo? ¿En serio? ¡Si tú siempre me has animado a alejarme de aquí y a vivir mi vida! No entiendo nada…

Eneas estaba totalmente desubicado, pero Lucas no lo hizo esperar para darle su aclaración:

—Porque nunca había sido consciente de lo mucho que Abril y tú os queréis, y os merecéis estar juntos… Por encima de todo.

—Eres un cabrón —dijo Eneas, apretando los dientes, con lágrimas en los ojos—. Pero te quiero. —Y abrazó a su amigo con fuerza.

—Ve a su casa y habla con ella o te vas a arrepentir… Y yo también te quiero.

Tras las duras, pero esclarecedoras palabras de Lucas y su abrazo sanador, Eneas salió corriendo en dirección a casa de Abril. No podía esperar más. Tenía que decirle que la que quería y que estaba dispuesto a dejarlo todo atrás por ella. Pero lo que encontró cuando llegó no le permitió hacerlo.

Oliver, con expresión triste, abrazaba a Abril mientras los servicios funerarios se llevaban el cuerpo sin vida de su padre. Julia sostenía al pequeño Ángel en sus brazos, que contemplaba la triste escena. Y Eneas, en la lejanía, se convirtió en una sombra incapaz de salir a la luz.

Por unos instantes, tuvo el impulso de acercarse para darle el pésame a Oliver, pero seguramente sería la última persona a la que querría ver en esos momentos, así que decidió mantenerse al margen y darles el espacio y el tiempo que merecía en una situación tan delicada.

27

Eneas llegó a Madrid con una inmensa sensación de vacío. Dejar atrás a su familia y a sus amigos siempre era triste, pero dejar a Abril esta vez había sido aún más dolorosa que la anterior. La primera vez tuvo que asumir que ella no lo quería, pero esta vez se había marchado sabiendo que era correspondido, pero que no era ni el momento ni se habían dado las circunstancias idóneas para que su relación pudiera darse una mínima oportunidad.

Aunque las palabras de Lucas retumbaban en su cabeza como un eco infinito, había decidido seguir con su vida y su trabajo, y dejar pasar el tiempo para ver si la situación de Abril se calmaba y él podía considerar la idea de volver al pueblo junto a ella. Aunque había estado a punto de hacerlo en un impulso, aún sentía que tenía muchas cosas que sopesar antes de tomar una decisión de ese calibre.

Precisamente esa misma noche tenía que acudir como Alhena a una gala benéfica, y pese a su falta de ganas, se esmeró todo lo posible en lucir arrebatadora.

Un rato antes de salir recibió un mensaje de Dani, que necesitaba recoger algunas cosas que tenía en su apartamento. Aunque sintió un pequeño pellizco en el estómago, le dijo que se pasara antes de su hora de salir, y así lo hizo. Dani se presentó allí con su habitual sonrisa encantadora y su inconfundible estilo hípster.

—Perdona si te molesto, pero necesito alguna de mis cosas… —dijo, algo nervioso.

—No te preocupes. Lo que necesites. —A Alhena le resultó una situación algo incómoda—. Me has pillado por los pelos, tengo una gala en un rato.

—Estás espectacular, como de costumbre. —Dani siempre había admirado muchísimo a Alhena como *drag queen*, y siempre lo haría, pese a sus sentimientos.

Alhena había elegido para la gala un vestido blanco, confeccionado por ella, de palabra de honor y corte sirena, ceñido al cuerpo, con una raja en cada pierna y unos relucientes tacones plateados.

Completaba el *look* con unos enormes pendientes en forma de flor, igualmente plateados y una peluca cobriza, larga y perfectamente ondulada. Su maquillaje blanco y plateado, impecable, la hacía brillar como una estrella del firmamento.

—Muchas gracias, Dani. ¿Cómo estás? Supongo que habrás tenido que declarar en contra de Ginés y te citarán para el juicio.

—Sí, pero no te preocupes, está todo controlado. —Dani no levantó la cabeza mientras recogía sus cosas.

—Siento mucho que te veas involucrado en todo esto por mi culpa. No te lo mereces. —La culpabilidad de Alhena se palpaba en el ambiente.

—No es tu culpa, no te martirices más. La situación se dio así porque ese hombre no está bien de la cabeza. Además, no me pasó nada grave. En cambio, Abril… Ella sí salió peor parada. ¿Cómo está?

—Ya está recuperada, aunque la pobre lo ha pasado francamente mal…

Hablar de Abril con Dani no le resultaba del todo cómodo, pero tenía que normalizar la situación.

—Vi cómo se arriesgó por ti… Esa chica te quiere de verdad. Espero que en algún momento la vida os permita estar juntos cómo os merecéis.

Tras esas tiernas y sinceras palabras, Dani besó en la mejilla a Alhena, se despidió de ella deseándole toda la suerte del mundo en su vida y en su carrera, y se marchó. Alhena se sintió triste por un momento. Dani había sido muy importante en su vida. Había sido la única persona que lo había entendido y lo había hecho olvidar todos sus problemas durante una buena temporada. Tenía mucho que agradecerle. Pocas personas había conocido con un corazón tan puro y una actitud tan bonita, generosa y positiva ante la vida, a pesar de todo lo que había pasado por su condición como transexual. Dani era digno de admiración y orgullo, y siempre lo recordaría con un cariño muy especial.

En la gala benéfica, todos quedaron deslumbrados con Alhena, como de costumbre. Pero en esa ocasión la gente no solo la halagaba y le pedía *selfies*, también le preguntaron en varias ocasiones por el caso de Ginés Belmonte. Y, aunque estaba cansada del tema, contestó a la prensa sin pudor:

—Ginés Belmonte ya está entre rejas debido a que ha sobrepasado todos los límites. Cómo todos sabéis, está acusado por injurias, secuestro e intento de homicidio… Y todo porque se me ocurrió subir un vídeo en redes sociales contando la verdad de lo que pasó la noche en la que lo agredí. Espero que todo esto nos sirva de aprendizaje para no permitir que se repita la historia. Si alguien os acosa, hay que denunciar. No actuéis por vuestra cuenta, porque las consecuencias pueden ser irreversibles. —Cogió aire antes de seguir—. Y otra cosa que me gustaría

decir a todos los espectadores de esta magnífica gala benéfica…
Las *drag queens* somos artistas que nos dedicamos a entretener a
nuestro público con nuestra imagen y nuestros *shows*, ya sea mu-
sical, cómico, teatral o de cualquier otra índole. Y por eso, desde
aquí, quiero pedir un respeto para nuestro trabajo, ya que la gran
mayoría pasamos muchas horas delante de una máquina de coser
y del espejo para sorprenderos con nuevos y espectaculares *looks*
que no os dejen indiferentes, porque sabemos que es lo que os
gusta y lo que esperáis de nosotras, y siempre tratamos de satisfacer
a nuestro público. Y ni hablar de las horas de ensayos para que
el espectáculo por el que pagáis merezca la pena y lo disfrutéis.
No solo somos hombres vestidos de mujeres que hacemos reír,
somos artistas que emocionamos a nuestro público y que espe-
ramos que nuestro trabajo se valore cómo el de cualquier otro
artista, y no que se nos falte al respeto como Ginés Belmonte
lo hizo conmigo. —Suspiró, emocionada—. Espero de corazón
que esta horrible experiencia nos sirva a todos para aprender a
convivir y a respetarnos, porque en este mundo hay cabida para
todos. Gracias por escucharme y apoyarme, mi gente bonita. ¡Un
besazo enorme de vuestra Alhena!

De repente, todos los miembros de la gala que estaban
rodeando a Alhena rompieron en un enorme aplauso lleno de
apoyo, que la emocionó soberanamente. «Así se habla», «olé tú»,
«Alhena, presidenta», le gritaban.

—Gracias a todos, de corazón —dijo finalmente Alhena
mientras una lágrima recorría su mejilla.

Siempre que estuviera de su mano reivindicaría y lucharía por
los derechos del colectivo. Y si a través de la prensa, la televisión
y las redes sociales podía llegar a los corazones de millones de

personas, no dudaría en hacerlo. Porque, como bien había dicho minutos antes, todo el mundo tenía cabida en un mundo donde debería primar la libertad de amar a quien quieras, y, sobre todo, de ser quien eres y quien quieres ser.

Abril, con Ángel en brazos, acababa de ver en directo el discurso de Alhena y se había emocionado profundamente. Oliver se sentó a su lado en el sofá.

—¿Por qué no vas a buscarlo? —Solo él sabía lo mucho que le dolió pronunciar esas palabras. Abril lo miró, extrañada.

—Oliver… ¿a qué viene esto?

—Viene a que os queréis, aunque me duela… Pero quiero que seas feliz, y si es con Eneas, pues que así sea.

Oliver acababa de perder a su padre, y aunque nunca había tenido una relación estrecha con él, estaba algo impactado por cómo habían sucedido las cosas, pero se encontraba fuerte para seguir adelante.

—Yo me encargo de Ángel, todavía me quedan unos días para incorporarme al trabajo. Ve y habla con él.

—Pero, Oliver, Eneas no va a cambiar su vida por mí, y yo no puedo ni quiero dejar atrás todo lo que he conseguido. Y mucho menos estar lejos del niño…

—Ya veremos cómo gestionamos eso, pero hazme caso. Haz la maleta, vete a Madrid y vuelve siendo feliz. Te lo mereces.

La comprensión y las buenas intenciones de Oliver hicieron que Abril se derrumbara.

—¿Cómo puedes seguir siendo tan bueno conmigo después de todo lo que te he hecho sufrir? —le preguntó, sintiéndose la peor persona del mundo.

Oliver la sujetó por la barbilla y la miró a los ojos.

—Ambos hemos sufrido por aferrarnos a una relación que estaba rota. Esa es la verdad. Tu siempre me dejaste claro que no buscabas abrir la relación, que era algo que solo te había pasado con Eneas, y ahí debí entender que lo querías… Pero te convencí de abrir nuestra mente, nuestra relación, probar cosas nuevas… Y todo lo hice por mantenerte a mi lado. Y ahora me doy cuenta de mi error. Tú no necesitabas eso, solo lo necesitabas a él…

—Quizás tengas razón —asumió Abril entre lágrimas—. Pero yo fui quien no tuvo sus sentimientos claros en su día y quien nos ha llevado a esta situación.

—Deja de culparte, Abril. Aquí todos los implicados tenemos nuestra parte de culpa, pero la única realidad es que Eneas y tú os queréis, y si no estáis juntos es simplemente porque ninguno de los dos se atreve a dar el paso.

Oliver tenía razón, solo una decisión los separaba, pero… ¿estarían dispuestos a tomarla?

28

La luz del amanecer hizo despertar a Eneas, que sabía que le esperaba un día complicado. Remoloneó un rato entre las sábanas, intentando no pensar en todo lo que se le venía, aunque le fue imposible en cuánto comenzó a recibir mensajes al teléfono móvil. Era consciente de que con el discurso que había dado la noche anterior, todos los medios estarían interesados en entrevistas acerca del próximo juicio de Belmonte, y estaba dispuesto a contestar a todas las preguntas, sin excepción.

Además, tenía la agenda bastante completa ese día, ya que tenía sus clases de costura, una sesión de fotos para una promoción y actuaba por la noche en un pequeño club en Chueca.

Así que comenzó por fumarse el cigarro de la mañana asomado a la ventana, contemplando como la ciudad cobraba vida… Era su momento favorito del día, indiscutiblemente. Acto seguido, se vistió con ropa cómoda de deporte y bajó a correr un rato por el parque del Retiro, necesitaba descargar tensiones.

Tras un buen rato de trote y sudor, volvió a casa para darse una ducha de agua tibia y bajar a su cafetería predilecta a por su desayuno. Ese día, en las clases de costura terminaría un diseño que dejó a medias antes de irse, y no podía pensar en otra cosa que en lucirlo aquella misma noche.

Era un vestido negro, de palabra de honor con plumas cosidas a mano, una a una, de corte sirena y con más plumas en la falda. Un espectáculo. Estaba tremendamente orgulloso de todo lo que estaba aprendiendo para crear su propio vestuario.

Al medio día, contestó a todos los mensajes pendientes que tenía de diferentes medios de comunicación. Algunos le pedían una respuesta inmediata mediante mensajes mientras que otros le pedían concertar citas para entrevistas personales. Después fue al estudio fotográfico para la sesión en colaboración con una marca de cosmética.

Al llegar la tarde, ya había cumplido con todos sus quehaceres, obligaciones y compromisos, así que se dedicó a ensayar su actuación de esa noche mientras se afeitaba, preparaba el maquillaje, peinaba la peluca y elegía los accesorios… Esa noche era su público asiduo para quien actuaba, y por eso se esmeraba con tanto mimo en estar deslumbrante. Gracias al apoyo de ese público, Alhena era la artista reconocida que era.

Se miró en el espejo al terminar de arreglarse y sonrió. Estaba arrebatadora. La peluca platino, peinada hacia un lado, con unas leves ondas; los accesorios brillantes y plateados; el maquillaje impoluto, y el vestido que se ajustaba a su cuerpo como si de una segunda piel se tratase, simulaba la silueta de un elegante cisne negro dispuesto a ser el centro de todas las miradas.

Y efectivamente, así fue. Todos los ojos se clavaron en Alhena cuando apareció en el club. Entre aplausos, palabras de cariño y halagos, Alhena entendió que eso era lo que realmente le hacía feliz de su trabajo: el cariño de un público entregado y respetuoso no tenía precio. La televisión y la fama estaban bien, pero sin el apoyo incondicional de su público, no sería lo mismo.

Los aplausos no cesaron hasta que Alhena, sobre el escenario, se puso frente al micrófono.

—Buenas noches, querido público —dijo, mostrando una enorme sonrisa—. Hoy, especialmente, quiero agradeceros vuestro calor. Cómo bien sabéis no han sido tiempos fáciles para mí, pero aquí estoy, renovada, para regalaros a todos vosotros un trozo de mi corazón, como en cada una de mis actuaciones. Hoy el aplauso es para vosotros, por estar siempre al pie del cañón. Sin vosotros nada de esto tendría sentido.

El aplauso fue tan estruendoso que, por unos momentos, Alhena pensó que las paredes del local se le caerían encima.

Cuando comenzó a sonar la música, un foco cayó sobre Alhena, que comenzó con su estelar actuación. Todos los presentes permanecieron concentrados en cada movimiento y en cada gesto lleno de elegancia y sentimiento. La canción que sonaba era de desamor, y Alhena emanaba una melancolía tan real que a más de uno de los allí presentes se le humedecieron los ojos.

Alhena estaba acostumbrada a los *flashes* de los móviles y de las cámaras fotográficas, pero, de repente, un *flash* demasiado cercano la deslumbró. Tardó unos segundos en visualizar quién se escondía tras aquella cámara.

Abril…

¿Qué hacía allí, entre su público? No se lo podía creer… Pero no paró de actuar hasta el final, aunque las lágrimas que derramó no formaban parte del número.

Mientras la gente se unía en un aparentemente interminable aplauso, Alhena se encontraba totalmente paralizada viendo cómo Abril se subía al escenario y se colocaba junto a ella.

—¿Me permitís que os robe unos minutos? —dijo Abril, hablando por el micrófono. Y aunque la mayoría de los presentes tenía cara de no entender lo que estaba pasando, siguió—: Vengo desde Estepona, un precioso pueblo de la Costa del Sol, solo para decirle a esta pedazo de artista que estoy perdidamente enamorada de ella y que no pienso volver a renunciar a nuestro amor… —Se hizo un silencio sepulcral entre el público, y Abril se dirigió a Alhena—. No puedo ni quiero dejar que lo que sentimos se desvanezca; no quiero guardarlo en un cajón hasta que nuestra situación mejore; no quiero martirizarme al pensar en qué hubiera pasado si no hubiera gastado hasta la última bala del cartucho… —Cogió aire—. Te quiero, Alhena, en todas tus facetas y de todas las formas posibles. Te quiero por tu bondad, por tu luz, por hacerme sentir algo que nadie me ha hecho sentir nunca… Y estoy dispuesta a iniciar una relación contigo, sin que ninguna de las dos tengamos que renunciar a nuestras vidas. Vendré a verte siempre que pueda, al igual que sé que tú lo harás, hablaremos a diario y crearemos algo muy bonito, estoy segura de ello, porque lo más importante ya lo tenemos… Y es que nos amamos de una forma desmesurada, y ese amor tiene que estar por encima de todo.

Silencio. Emoción. Lágrimas en los ojos de Alhena. Un primer aplauso seguido por una infinidad. Y un beso en los labios con el que Abril no necesitó respuesta a sus palabras. Ese beso, lleno de amor, de pasión, de ganas… Esa fue la mejor y más real respuesta que Alhena le pudo dar.

—Estás loca —dijo al fin Alhena.

—Sí, por ti —Abril le tendió la mano para bajar del escenario—. ¿Acompañarías a esta loca a pasar la mejor noche de su vida junto a la persona de sus sueños?

Alhena tomó su mano; el público se apartó, formando un pasillo para que pasaran mientras los aplausos no cesaban. Ambas corrieron hacia la salida, entre risas, lágrimas y miradas cómplices.

No hubo más palabras durante la noche, ya que, al llegar al apartamento, Abril y Alhena se devoraron con ansia, entregándose la una a la otra con pasión. Se querían, se deseaban y estaban juntas, en una casa, en una cama, siendo libres de amarse sin dañar a nadie. La excitación de esa sensación era más fuerte aún que la sexual.

Durante la noche, Alhena cada vez era más Eneas, ya que tanto su vestido como su peluca y sus accesorios, terminaron tirados por el suelo mientras sus cuerpos desnudos se unían sin intención de volver a separarse.

—Te quiero —se decían continuamente.

Practicaron horas de sexo oral, en las que tuvieron múltiples orgasmos. Eneas la penetró en todas las posturas posibles. Abril estaba dispuesta a todo con él. No quería que aquella noche terminara nunca, por eso, cuando llegaban al clímax, seguían sin parar. Las ganas contenidas de estar juntos pudieron más que el cansancio físico que pudieran llegar a tener.

Su desesperación por disfrutar de sus cuerpos como si de la última vez se tratase, los hizo caer rendidos casi al amanecer. Era la primera vez en su historia que dormían juntos, desnudos y abrazos, entre besos y caricias… como una pareja.

Epílogo

Caían las primeras hojas de otoño el día en el que Eneas presenció cómo su mejor amigo se casaba con el hombre que se merecía. Todo estaba precioso, tal cual lo habían planeado.

Ambos iban especialmente elegantes, con trajes claros, inconscientemente a juego, ya que ninguno sabía lo que llevaría el otro. Manuel irradiaba felicidad mientras leía los votos y le ponía el anillo a Lucas. Lucas se mostró nervioso y emocionado durante toda la ceremonia. Fue muy especial el momento en que los declararon maridos y se besaron ante el aplauso y los gritos de los invitados.

Eneas no podía estar más feliz por Lucas, pero sobre todo por mirar a su lado y que Abril estuviera allí como su pareja… Aún se le hacía extraño asimilar la relación que tenían, ya que un tiempo atrás le hubiera parecido absolutamente imposible.

—¿Estás bien, amor? —le preguntó Abril al percatarse de su expresión.

—Sí, cariño… Es que me he emocionado mucho. Estoy muy feliz por Lucas.

Abril lo besó tiernamente en la mejilla.

—Cómo ha cambiado todo desde que nos conocimos, ¿verdad? —observó, pensativa.

—Después de todo, algunos cambios han sido para mejor —Eneas la besó en los labios.

Mientras los novios se fotografiaban, comenzaron a servir el cóctel en el jardín contiguo a la carpa donde se había realizado la ceremonia.

—Tengo una noticia —dijo Abril mientras alcanzaba una copa de cava—. La semana que viene Oliver y yo firmamos el divorcio.

Eneas intentó no mostrarse demasiado alegre, ya que sabía que no estaba siendo un trago fácil para Abril, tras tanto tiempo en su relación con Oliver, pero había estado esperando esa noticia como agua de mayo y no pudo evitar sonreír.

—El pobre me lo ha puesto muy fácil con el papeleo y con el niño…

—Oliver es una buena persona, siempre lo ha sido. Es de agradecer que después de todo te haya facilitado tanto las cosas…

El tema de Oliver siempre les resultaba algo incómodo. Era como si ambos se sintieran culpables por estar juntos y fueran responsables de su dolor…

—Espero que a partir de ahora pueda tener esa tranquilidad y esa paz que tanto busca, y que algún día encuentre a una persona que lo quiera cómo él se merece… —Suspiró—. Al parecer, con Elisa, la hija de Julia, también pasó por una situación bastante complicada. Esa chica está actualmente con tratamiento psiquiátrico… —Tragó saliva al pensar en lo mal que lo estaría pasando Julia.

—Bueno, hoy no es día para dramas. Yo también te tengo una noticia —dijo Eneas—. No pensaba dártela aún, pero creo que es un buen momento.

Abril no sabía a qué atenerse, con Eneas cualquier cosa era posible.

—He decidido volver al pueblo definitivamente. Quiero establecerme aquí contigo, ayudarte con el estudio, con el niño y volver a actuar en La Escena.

—Eneas… —Abril no se esperaba esa noticia, en absoluto—. ¿Estás seguro? Es un cambio demasiado grande…

—Por ti estoy dispuesto a todo, ahora lo sé. Alhena va a ser querida allá donde vaya, pero Eneas solo va a ser feliz dónde tu estés, y eso es algo que he tardado en comprender, pero ahora lo tengo claro.

Abril se abalanzó sobre Eneas, besándolo con amor y agradecimiento.

¿Sería ese el final feliz que ambos esperaban o solo el comienzo de otra complicada etapa en sus vidas? ¿Estaba Eneas preparado para dejar de disfrutar únicamente de su intimidad y compartir tiempo con el pequeño Ángel? ¿Llevaría bien Abril la convivencia con Eneas tras media vida con Oliver? Ninguno lo verbalizó, pero, en ese instante, ambos tenían la misma ilusión y los mismos temores acerca del futuro.

FIN